58년생 개띠 우리 아버지

찢기고 잘리고 끌려가며 아픈 역사를 반복했던 우리들의 아버지 이야기

58년생 개띠
우리 아버지

이우중 장편소설

창작시대

깊은 뿌리에서 올려 보내는
아픔의 기억들

이게 꿈은 아닐까? 손가락 하나로 전국의 길을 찾고, 창밖으로 눈을 돌리면 무수히 떼 지어 어딘가로 달려가는 자동차들의 행렬, 하루에도 수없이 날아드는 전자 우편물들. 나는 문득 스스로를 꼬집어 볼 때가 있다. 어느새 이런 세상에 와 있다는 것에 새삼 놀란다.

나는 그런 세대다. 급물살을 타고 불처럼 일어나는 빛의 역사를 생생히 느끼며 살아온 주인공이다. 물이 새는 검정 고무신을 신고, 십 리를 달려가 전보를 치던 시대로부터 태어나 숨 가쁘게 달리고 달려 어느덧 깃털처럼 소리 없이 달리는 자동차에 올라탔다. 자고 일어나면 세상엔 새로운 문화가 신기로운 싹을 틔워 올리고 잠시 눈을 돌릴 새도 없이 쾌속으로 빛나는 가지를 뻗는다. 내가 채 감지하기도 전에 어디선가 신비한 새싹은 또 틔어 올라 자라고 있을 것이다.

이제 나는 숨 가쁘게 달려온 50여 년의 시간들에서 고동치던 가슴을 진정시키고 바통을 넘겨줄 준비를 한다. 빛나는 새 가지들은 내 눈앞에서 그것을 찰나에 사라지게 한 다음 마술처럼 꽃으로 피워 등장시킬 것이다.

드디어 숨을 고르고 나는 글을 쓰기로 한다. 나는 천재성을 요구하는 글을 내놓겠다는 욕심은 애당초 가지지 않기로 했다. 그러나 수십 년 아니 수천 년의 시간 저 너머에 엄연히 존재했던 이 땅의 사람들, 상처투성이로 아프고 쓰렸던 사람들의 이야기가 내 발밑에 흙으로 남고, 깊은 뿌리로 남아 그 통증을 전하고 있는 것을 감지한다. 나는 또 그런 세대이므로, 내가 주인공이 되기 전에 찢기고 잘리고 끌려가며 아픈 역사를 반복했던 조상들의 이야기로부터 자유로울 수는 없을 것이다.

그래서 나는 거기서부터 시작하려 한다. 기둥이 되어 현재를 받치고, 깊은 뿌리에서 올려보내는 아픔의 기억들을 자양분으로 바꾸는 일을 할 것이다. 이미 예견된 영광의 미래에

대한 메시지를 판독하고 그것을 바통에 담아 빛나는 새 가지
에 전달할 것이다. 현재 우리가 잉태하고 있는 것이 무엇인
지를, 얼마나 멋진 것인지를.

그런 생각들이 나를 잠 못 들게 하고 있다. 미래에 대한 이
야기를 하고 싶어서 입이 간지럽다. 빛나는 새 가지에 피어
날 꽃의 이야기는 이 세상에 새로운 신화가 될 것이란 비밀
을 말하고 싶어서 견딜 수가 없다.

그 때문에 나는 새벽마다 잠자리를 박차고 일어나 책상 앞
에 앉는다. 그리고는 날이 밝기 전 여명의 빛 속에서 판독한
메시지를 바통에 담는 작업을 계속한다. 이 땅의 미래의 주
인공들에게 전달하기 위해서.

2018년 여름
이 우 중

차례

프롤로그 ‖ 깊은 뿌리에서 올려보내는 아픔의 기억들 4

1. 신한국 연방 선포식 9

2. 아버지의 일기 1960~1970년대 23

　　봄은 오고 있었다
　　달빛 조각은 암자 위에서 부서지고

3. 아버지의 일기 2000년대 39

　　전쟁의 서막
　　검은손의 음모
　　신성문자와 문무대왕릉
　　팍스 아메리카 CIA 보고서
　　가을 단풍

4. 아버지의 일기 그 후의 일들 227

에필로그 ‖ 이 집에 빛이 오고 있다 234

1

신한국 연방 선포식

2045년 8월 15일 아침.

귀를 파고드는 음악 소리에 상민은 눈을 떴다. 그는 누운 채로 사지를 늘리며 기지개를 켰다. 음악 소리는 그칠 줄 모르고 다음 소절로 이어졌다.

"일어났어, 일어났다고."

상민의 목소리에 음악이 뚝 그쳤다. 설정한 사람의 목소리에 반응하는 알람이었다. 상민이 침대에서 몸을 일으켜 앉았다. 그는 탁자로 손을 뻗어 안경을 찾아 쓰고 휴대폰을 터치했다. 휴대폰에서 차분한 여성의 목소리가 흘러나왔다.

"오늘의 일정 안내입니다. 오늘 오전 10시에 8·15 광복

100주년 기념식 및 신한국 연방 선포식이 광화문광장에서 있습니다. 이어서 11시에는 다국적 기업 CEO들과 연방정부 청사 홍보관 가상현실 룸에서 미팅이 있습니다. 오후 한 시에는…"

상민이 이어지려는 안내 멘트를 터치해서 꺼버렸다. 녹음 된 아내의 메시지를 듣게 된 것이었다. 상민은 거실로 나가 유비쿼터스 스크린을 띄워 아내의 목소리를 재생시켰다.

"나 집을 좀 떠나있을까 해요. 애들도 없는데 혼자 집이나 지키고 있는 것도 이젠 지겹네요. 더우니까 동생과 같이 함흥 별장에 가 있다가 동한국 블라디보스토크를 여행하고 오겠어요. 친정으로 가는 건 아니니 그리 전화해서 괜히 걱정 끼치지 마세요."

상민은 전날 휴대폰 안내를 통해 아내의 생일임을 알고 있었지만, 오늘 있을 다국적 기업 CEO들과의 미팅 준비를 하느라 아내에게 전화하는 걸 잊어 버렸었다. 애들이 한국에 있을 때는 아내도 자식 치다꺼리하느라 쓸쓸할 새도 없었다. 그러다 큰 녀석은 남한국인 도쿄에, 작은 녀석은 북한국인 장춘에 나가서 살고 있으니 아내는 요즘은 부쩍 혼자 있기를 싫어했다.

아내가 HCI 컨설턴트로 일할 때는 혼자서 골몰하기를 좋아하고 일에 정신이 팔려 오히려 남편도 귀찮게 여기더니 일에서 손을 놓고 나니 적적한 시간을 감당하기가 어려운 모양이었다. 어제는 생일 챙기러 왔던 처제가 처량하게 혼자 있는 언니를 보고 처가로 데려갔던 모양이라고 그는 생각했다. 30여 년 결혼 생활 동안 피곤에 절어 잠자는 모습을 보여주는 것 외엔 자상한 남편 노릇 한번 제대로 하지 못한 그로서는 뭐라 할 말이 없었다. 그래도 이쪽 업계의 생리를 모르는 사람도 아닌 아내가 정년퇴임을 할 때까지 그저 몇 년만 더 참아 줬으면 하는 바람을 마음속으로 감추고 있을 뿐이었다.

상민은 시계를 보고 욕실로 들어가기 위해 돌아섰다. 로봇 청소기가 설정된 시간이 되었는지 스스로 작동되어 지나가다가 그와 마주치자 아침 인사를 건넸다.

"좋은 아침입니다."

상민은 청소 로봇을 비켜서 지나갔다.

"체, 온통 기계들만 내게 말을 거네."

그는 가운을 벗어 침대 위에 던져놓고 욕실로 들어갔다. 30분 후, 상민은 옷장을 열어 깨끗하게 준비되어 있는 정장을 차려입고, 평상시 목소리로 빈집에 출타 인사를 했다.

"다녀올게."

그의 인사를 받는 건 청소 로봇과 현관 센서였다.

"안녕히 다녀오세요."

두 전자음이 동시에 건네는 인사를 받으며 그는 집을 나갔다. 그가 복도에 나가 서자 엘리베이터가 문을 열었다. 엘리베이터도 출타 인사에 반응하는 것 중 하나였다.

주차장으로 내려가자 그의 자율 주행 기능이 있는 자동차가 출구를 향해 나와 있었다. 집에서 내려오기 전 미리 출차 명령을 해놓은 덕분이었다. 그는 차에 올라 서둘러 행사장으로 향했다.

행사장은 다국적 참석자들로 가득 차 있었다. 전광판에는 <2045년 8월 15일 신한국 연방 광복 100주년 기념식>이라는 글자에 불이 켜져 있었고 글자 아래로 행사 일정이 슬로모션으로 지나가고 있었다.

행사의 축은 중한국 서울에서 이루어지지만 동시다발적으로 서한국 선양, 북한국 장춘, 동한국 블라디보스토크, 남한국 도쿄의 중심지에서도 화면을 통해 이 행사를 함께 진행하고 있을 것이다.

광장의 시계가 10시를 가리켰다. 곧 식이 시작되었음을 선포하고 박수 소리가 요란하게 광장을 메웠다. 기념식장 앞줄에는 신한국 연방정부를 대표하는 인물들이 자리하고 있는 게 보였다. 남한국 주지사 나까소네와 중한국 주지사 김수혁, 그리고 북한국 주지사 왕칭한과 동한국 주지사 이치노프, 서한국 주지사 징자이칸이 나란히 자리하고 있고 안내에 따라 연방정부 대통령 이상혁이 단상에 올랐다. 환영의 박수 소리가 한 차례 지나가자 만면에 웃음을 띤 이상혁이 축하 연설을 시작했다.

"한류 문화권 신한국 연방의 선언 및 우리나라 광복 100주년 기념식에 참석해주신 국내외 귀빈 여러분께 감사를 드립니다. 아울러 지금 텔레비전과 각종 매체들을 통해 간접적으로 이 행사에 참여하고 계신 국민 여러분께도 감사 인사를 드립니다. 400만 년 전 아프리카에서 최초 인류인 오스트랄로피테쿠스 원인이 태어났으며 현생인류와 가까운 호모 사피엔스는 40만 년 전에 태어났습니다. 인류가 7000만 년 전에 태어난 영장류와 다른 방법으로 문화를 이룬 것은 단지 수십만 년에 지나지 않으며, 40만 년 전부터 인간이 다른 동물과 다른 방법으로 생활할 수 있었던 것은 불을 발견하고 다스릴 수 있었기 때문입니다. 인간이 불을 발견하고 목재와 석재 기술을 터득하고 흙과 철을 응용, 끝없는 창조적 개발을 해왔다는 것은 누구나 다 아는 사실입니다. 그 과정에서 우리가 간과한 것이 있었습니다. 우리가 문명을 일으

킬수록, 개발에 박차를 가할수록 지구는 더욱 심하게 몸살을 앓게 된다는 사실입니다. 이제 우리 인류는 아픈 지구를 어루만지는 친환경 첨단과학기술을 역동적으로 개발하고 확산하여야만 할 것입니다. 지구상에 고도화된 문명을 다시 40만 년 전으로 되돌릴 수는 없는 일입니다. 따라서 우리가 잘할 수 있는 창조적인 사고를 지구를 위해 발휘할 때입니다. 그래야만 고도화된 문명의 지속적 탄생과 불멸이 가능할 것입니다. 모든 기술은 지구 자연 생태계를 손상하지 않는 범위 내에 있어야 하며 인류 평화와 행복 추구에 사용되어야 합니다. 이러한 점에서 우리 신한국 연방은 무궁한 평화와 인간의 무한한 행복추구를 목적으로 기술 역량을 제공할 것이며 현재의 기술을 더욱더 고도화하는데 전력을 다할 계획입니다."

대통령의 연설이 이어지고 있는 동안 상민은 몸을 빼내서 연방정부 청사 홍보관으로 향했다. 그는 신한국 연방이 세계 최첨단 국가를 건설하기까지 기여한 국내 기업군 중 1위의 기업인 S전자 기술이사로 이 행사의 준비에 참여했으며 진행도 맡았다.

신한국 연방은 바야흐로 세계 경제의 축으로서 성장했고, 앞으로도 오랜 세월 그 지위를 지속할 것이라는 세계 경제학자들의 전망은 틀리지 않았다. 2045년 현재 국가 총 GDP 세계 1위에 국민 삶의 질 세계 1위, 최첨단기술 보유량 세계 1위 그리고 신한국 연방 인구는 3억으로 세계 3위를 차지했다. 골드만삭스, 무디스, S&P 등 세계 신용평가 회사들은 한결같이 동북아 한류 문화권 신한국 연방은 기술력, 경제력, 국방력에서 향후 수백 년간 초강대국 지위를 지속하게 될 것이라고 전망했다.

기념식이 끝나고 홍보관으로 모여든 세계 다국적 기업의 CEO들은 시뮬레이션으로 준비된 자료 화면들을 보면서 이야기를 나누었다. 그들은 세계 각국에서 신한국 연방의 기술 원조를 얻기 위해 보내진 최고위층 사절단들이었다. 그도 그럴 것이 신한국 연방은 IT 정보통신, 신가전, 인공지능, 신생명공학 등 최첨단 기술 분야에서 다른 국가들이 도저히 따라올 수 없을 정도의 기술 격차를 보이고 있었다.

다른 국가들은 신한국 연방에 기술을 이전 받기 위해 외교 역량을 쏟아부을 수밖에 없었을 것이다.

상민은 그들에게 전자 정보통신 기술력에 관련된 질문을 받고 대답을 하거나 홍보를 하며 행사 진행에 참여했다. 어떤 사람은 상민이 신한국 연방 출범 공로자 100인에 들어 있는 박진혁 이사의 아들이라는 것을 알고 축하 인사를 하기도 하였다.

행사를 마치고 오찬을 위해 이동하는 손님들 사이를 빠져
나온 상민은 자동차에 올라탔다. 그는 오찬장으로 가지 않고
차를 달려 서울을 벗어나고 있었다. 행사를 진행하면서 줄곧
떠오른 생각이 있어서였다. 그는 아버지가 태어난 고향 파주
로 향했다.

서울을 벗어나 통일로 옛길을 달리자 늦여름의 푸르른 산
과 들이 시원하게 펼쳐졌다.

상민은 자동차의 에어컨을 끄고 차창을 내렸다. 더운 열기
가 얼굴에 훅 끼쳐졌다. 그러나 녹색의 초목을 스치고 날아
온 바람이 싫지 않았다. 그는 친근한 친구를 만난 것처럼 반
갑게 느껴지는 바람결에 얼굴을 맡기고 달렸다. 코끝에 감겨
드는 들풀 향기가 긴장을 풀어 놓았다. 시원하게 뻗은 도로
를 벗어나 차는 좁은 샛길로 접어들었다. 거기서부터 완만하
게 누운 산자락이 보였다.

상민은 아버지가 다녔던 초등학교 근처 편의점에 들러 술
과 마른안주를 조금 샀다. 거기서 산비탈을 조금 오르다가
빈터가 나오자 차를 세웠다. 그는 빈터에 차를 버려두고 술
병이 담긴 봉투와 작은 가방 하나를 챙겨 산길을 오르기 시
작했다. 땅으로부터 올라온 더운 열기가 금세 그의 몸을 달

구었다.

상민은 이마에 배어 나오는 땀을 훔치며 한동안 더 올라 갔다. 산비탈 중턱에 아늑하게 굴곡을 이룬 땅에 묘 하나가 나타났다. 묘는 저 멀리 새롭게 조성된 초고층 아파트 숲의 신도시와 그 옆으로 유유히 흐르는 한강을 내려다보고 있 었다.

상민은 봉분 앞에 들고 온 술을 따라 올리고 절을 했다. 절이 끝나자 정장으로 갖춰 입었던 겉옷을 벗어 놓고 넥타 이도 풀었다. 땀이 배어나와 상민의 등이 축축하게 젖어 있 었다.

상민은 희끗희끗해진 머리를 민망한 듯 쓸어 올리며 오래 전에 고인이 된 아버지에게 말을 걸었다.

"아버지, 상민이 왔어요. 오랜만이지요? 오늘 신한국 연방 선언식 및 광복 100주년 행사를 치렀어요. 기념식에 갔다가 아버지 생각이 나서요. 아버지가 신한국 연방 통합을 이룩하 는데 초석을 놓은 공로자 100인에 선정되었어요. 오늘을 내 다보고 열심히 뛰신 공로를 나라가 알아주니 고맙지 뭐예요. 아버지 덕에 저도 오늘 인사 많이 들었어요. 세월이 흘렀어 도 여긴 여전하네요. 고향 마을을 내려다보며 여기 누워 계 시니 편안하신가요?"

혼잣말을 하던 상민은 고개를 꺾고 잠시 말이 없었다. 봉분 옆으로는 기념비 하나가 서 있었다.

<1998년에 시작된 세계무역기구인 WTO 국내 시장 개방을 온몸으로 막아 K텔레콤을 위해 혼신의 힘을 바친 그 정신을 기리기 위하여 이 비를 세웁니다. 2005년 10월 19일 K텔레콤 임직원 일동>

상민은 기념비를 손으로 쓸어 보았다. 아버지의 손이라도 잡은 것 같아 갑자기 그리움이 가슴 밑바닥에서 울컥하고 올라왔다. 상민은 봉분 위로 삐죽거리며 올라온 잡초들을 뽑아내며 중얼거렸다.

"아버지 생각나세요? 누님과 제게 가끔 해주시던 볶음밥 말이에요. 베이컨과 계란을 넣고 만든 거요. 그거 참 맛있었는데… 오늘은 그게 먹고 싶네요. 누님과 서로 더 많이 먹겠다고 으르렁거리며 먹어서 그런가? 아니면 아버지 솜씨가 좋았었나요? 아마도 자식 사랑이 유별나셨던 그 정성 맛이었겠지요?"

상민은 봉분을 아버지의 등처럼 여기며 기대어 앉은 채 잠시 눈을 감았다. 며칠 동안 무리하며 일한 끝이라 피곤이 몰려왔다. 그는 눈을 감고 혼자서 K텔레콤의 특허 분쟁을 감당하려고 동분서주했던 아버지의 모습을 상상해 보았다. 무엇이든 지금 같지 않았던 열악한 시기에 전 대륙을 이리저리 넘어 다니며 선친이 무슨 생각을 했으며 어떤 마음이었는지 그로서는 상상도 할 수 없는 일이었다. 당시의 아버지보다 현재 직급이 더 높아 자신이 하고 있는 일들을 생각하면 자신은 터무니없이 안락한 시간들을 보내고 있다는 생각이 들었다.

상민은 문득 아내가 남긴 메시지를 떠올렸다. 그는 아버지에게 새 잔을 부어 올리고 봉분에 기대어 푸념하듯 중얼거렸다.

"어머니는 그 세월을 어찌 견디셨을까요? 결혼 생활 대부분을 아버지 없이 혼자서 우리를 키우시고 젊은 시절조차 아버지와 떨어져 지낸 시간이 더 많았는데 한 번도 아버지에게 불평을 하거나 혼자서 푸념하시는 모습도 본 적이 없어요. 돌아가실 때까지도 우리에게 짐이 되지 않으려고 애를 쓰시는 모습이 안쓰럽기 짝이 없었어요. 요즘 여자들 같으면…"

상민은 그렇게 말해 놓고 은연중에 아내에 대한 푸념이 섞인 것 같아 스스로 부끄러워져 피식 웃었다.

"그러고 보니 아버지와 저는 많이 닮은 것 같군요. 일에만 열정을 바치느라 여자들을 외롭게 만드는 데 재주가 있어요."

상민은 하늘을 올려보았다. 푸른 하늘에 흰 모래톱처럼 물살 무늬를 이룬 구름이 엷게 덮여 있었다. 늘 하늘은 그대로였다. 수십 년 전이나 지금이나.

상민은 아버지의 장례식이 치러지던 40년 전의 하늘을 기억했다. 아버지의 시신을 매장하던 그날도 하늘은 이렇게 엷은 구름에 덮여 있었다.

그로부터 10년 후, 그가 아버지와 같은 일로 S전자에 입사하여 신참내기로 소송에 투입되었을 때였다. 어머니는 소중하게 간직해 온 아버지의 일기장과 노트 몇 권을 상민에게 내주었다. 노트에는 소설가가 꿈이었던 아버지답게 아버지의 유년 시절부터 돌아가시기 직전까지 꼼꼼하게 적어 놓은 일기와 소송 관련 개인 기록이 들어 있었다.

상민은 삶의 고비마다 또는 회사 일이 힘에 부칠 때마다 이 노트를 뒤적이거나 아버지의 묘를 찾았었다.

아버지는 무덤 속에서 말이 없고, 가슴이 답답한 상민은 아버지의 봉분을 베고 누워 하늘을 올려다보며 평정심을 찾아 돌아가곤 했었다.

상민은 젊은 열정을 앞세웠던 신입 사원 시절을 떠올렸다. 그는 무슨 일이건 아버지가 남겨 놓은 노트 안에서 용기를 얻고 해답을 찾곤 했었다. 어머니가 낡은 편지 몇 통을 소중히 안고 외로운 나날들을 위안하며 살았던 것처럼 상민은 아버지의 노트들과 일기를 통해 세상의 이치를 깨닫고, 사회와 세계를 바라보는 눈을 가질 수 있었다.

상민이 문득 비석 옆에 놓아두었던 작은 가방을 열어 노트들을 꺼냈다. 그는 돌 제단 위에 노트를 올려놓으며 낮게 중얼거렸다.

"아버지의 기록이에요. 이 안에 아버지의 생생한 목소리가 들어 있었어요. 덕분에 저는 언제든 이 글씨들을 따라 아버지가 존재했던 그 시간으로 돌아갈 수 있었지요. 하지만 이제 다 왔어요. 더 늦기 전에 저는 어머니가 원했던 저의 삶을 찾을까 해요. 저도 이제 앞에서 끄는 역할을 하기에는 나이가 너무 많이 들어 버렸어요. 아버지는 항상 그렇게 말씀하셨지요. '이번 일이 잘 해결되고 나면 우리 낚시하러 가자. 이번에 걸린 소송만 잘 마무리하고 나면 내년 봄에는 온 가족이 진해로 벚꽃 구경을 가자'고요. 그러다가 그 봄을 맞지도 못하고 쓰러지셨어요. 어쩌면 저도 지금까지 집사람과 아이들에게 그런 모습만 보이며 살았나 봅니다. 이제야 전 아버지처럼 살았다는 걸 깨달았어요. 집사람이 알려 줘서요. 이젠 아버지의 유지인 창조적 마인드를 회사가 아닌 가정과 제 자신을 위한 것으로 돌릴까 해요."

상민이 남은 술을 마저 잔에 따라 아버지께 올리고 다시 절을 올렸다.

시원한 바람 한줄기가 날아와 봉분을 휘감으며 지나갔다. 그 바람에 돌 제단 위에 놓인 노트 몇 장이 펄럭이며 넘어갔다. 상민은 노트를 집어 들었다. 아버지의 기록… 그 안에는 상민의 아버지 박진혁의 가난한 어린 시절의 절망에서부터 회사에서의 외롭고 치열한 싸움이 들어 있었다.

2

아버지의 일기 1960~1970년대

봄은 오고 있었다

음력 정월 대보름이 지나 끝나가는 겨울이었다. 못으로 구멍을 낸 깡통에 불씨를 넣고 철사를 잡고 원으로 휘휘 돌렸다. 바람 탄 깡통에서는 불꽃이 빨갛게 피고, 칠흑 같은 들판에 점점이 떨어지는 불씨가 마른 풀에 옮겨 붙어 삽시간에 불바다를 이루었다. 매서운 겨울 추위에도 아이들과 손을 호호 불면서 동네 앞 벌판에서 불꽃놀이에 시간 가는 줄 몰랐다.

아이들과 밤늦게까지 불장난하고 돌아온 진혁은 사랑채에

서 잠이 들었다.

여섯 남매를 둔 부모님은 막내아들인 진혁을 애지중지하여 잠을 잘 때는 당신들의 거처인 사랑채에서 함께 잠을 재웠다.

그날 밤 진혁은 초가집 마당과 안채로 통하는 격자형 나무살에 창호지를 붙인 삐거덕거리는 방문을 안에서 걸어 잠그는 요란한 소리에 놀라 잠에서 깼다.

두 개의 둥근 쇠고리가 달린 방문을 걸어 잠그자 문풍지에서 윙윙거리던 겨울의 세찬 바람 소리가 점차 잦아들고 적막감이 찾아왔다. 문을 걸어 잠근 아버지는 등잔불을 불어서 껐다. 벽에 걸려 있던 괘종시계가 열두 번의 종을 치기 전의 시각이었다. 진혁은 지금까지 아버지가 잠자기 전에 두 개의 방문을 안에서 잠그는 것을 한 번도 보지 못했다. '늦겨울 바람이 세차니까 걸어 잠그고 주무실 테지.' 하고 다시 잠을 청했다. 그런데 두 분은 등잔불이 꺼져 있는 캄캄한 방 어둠 속에서 잠자리로 들어오지 않고 멈칫거리는 움직임이 심상치 않았다.

잠에서 깬 진혁은 자는 척하며 실눈을 뜨고 방 위쪽을 쳐다보았다. 불 꺼진 등잔을 사이에 두고 두 분이 서로 마주 보고 앉으신 듯하였다. 호기심이 발동한 진혁은 의아해하며, 두

분 움직임과 어떤 이야기를 나누는지 신경을 곤두세웠다. 숨소리를 죽여 가며 엿들으려 하자 자꾸 침을 삼키고 싶어지며, 진혁 자신도 모르게 꼴깍하고 침이 목젖을 타고 내려갔다. 그 소리가 어찌나 크던지 들키지 않으려 애를 썼다. 숨소리는 벽에 걸린 괘종시계 추가 움직이는 소리만큼 크게 들리는 듯했다. 짧았지만 긴 시간이 흐른 것 같았다.

잠시 침묵이 흐르고 두 분의 이야기가 시작되었다. 사람 사체와 뼈에 대한 괴기스러운 대화였다. 그 이야기는 할머니가 가끔 들려주었던 옛날이야기를 상기시켰다.

할머니는 이야기 처음부터 '옛날하고도 아주 멀고 먼 옛날이었자' 하는 말로 시작한 후 한동안 뜸을 들이고는, '그때는 호랑이가 담배 피우던 시절이야 하고 무서운 분위기를 잡으시며 손자 손녀들에게 몇 가지 안 되는 이야기 중에 주로 귀신 이야기와 여우 이야기를 들려주셨다. 죽은 사람이 묻힌 공동묘지에서 백 년 묵은 여우가 묘지에 굴을 파고 들어가 사람 시체를 먹고 백 일을 견디면 사람이 된다는 이야기가 단골이었다.

할머니는 항상 똑같은 이야기를 단어 하나 안 틀리고 한 이야기를 하고 또 하셨지만, 계절과 관계없이 늘 무서웠다. 할머니가 손자 손녀를 모아놓고 이야기를 할 때면 큰누이가 장난으로 '여우가 나왔대!' 하며 진혁 등을 두 손으로 '탁' 치면 진혁은 온몸에 소름이 끼쳤고 무서워서 그런 날 밤에는 잠을 설치고 악몽을 꾸었지만, 그런대로 할머니 이야기는 재미있었다.

두 분의 대화가 할머니가 들려주던 여우 이야기로 연상되자 진혁은 소리를 질렀다.

"안 돼!"

"이 녀석이 잠꼬대를 하네."

아버지가 한마디 하고서는 두 분의 대화는 계속 이어지고 있었다. 진혁은 순간적으로 아버지와 어머니가 혹시 사람의 탈을 쓴 여우일지도 모른다는 생각이 머리를 스쳤다.

'여우 두 마리가 사람이 되기 위해 나를 죽여 매장하고 시체를…'

여기까지 생각이 이르자 몸이 굳어지며 자신도 모르게 소리를 질렀다.

"사람 살려!"

그러나 입 안에서만 맴돌 뿐 소리는 나오지 않았다.

예전에 꾸었던 무서운 꿈 이야기를 할머니한테 들려주었을 때, 할머니에게서 들었던 이야기가 떠올랐다.

"꿈에 귀신이나 도깨비를 만나 쫓기게 되더라도 꿈에서는 아무리 소리를 쳐봐야 깨어날 수 없단다. 꿈에서 지르는 소리는 안 들리니까 꿈에서 깨려면 허벅지를 꼬집어라. 그래야 무서운 꿈에서 깨어날 수 있어."

차라리 꿈이었으면 하고 허벅지를 꼬집어보았다. 그러자 허벅지가 아팠다. 한 가닥 희망이 사라져 버렸다. 두 분의 이야기에 놀란 가슴을 진정 시키고 다시 귀를 기울였다. 아버지가 등잔불을 끄고 나눈 어머니와의 처음 대화는 묘지를 파고 뼈를 꺼내야 하는 얘기들이었는데 그 이야기가 시체를 먹고 뭐 그런 대화로 들렸다. 앞부분의 대화는 무섭고 정신이 혼미해져 기억이 나지 않았다. 진혁은 이제 '백 년 묵은 여우두 마리한테 잡아먹히겠구나' 하고 생각했다. 그때 할머니가 옛날이야기 해줄 때 늘 말씀하시던 '호랑이한테 물려가도 정신만 똑바로 차리면 살 수 있다'는 이야기가 떠올랐다. 진혁은 그 이야기를 떠올리며 꼼짝없이 죽게 생겼지만, 용기를 내어 마음을 가다듬었다.

아버지가 이야기를 꺼냈다.

"음, 유골을 옮기긴 해야 하는데 자꾸 미루다가 일을 저지르지 못하고 세월만 가게 되는 건 아닐까? 그리고 그게 걱정이 되네. 매장한 지 십 년도 채 안 되었는데 시체가 다 안 썩었으면 손대기가 어렵지 않겠소?"

어머니가 말을 받았다.

"아니, 가자울에 있는 묘지야 지대가 길보다 조금 높은 곳이니 습하지 않고 물이 괼 자리는 아니잖아요. 시체는 마른 흙에서는 일이 년이면 썩어서 흙이 된다던데요."

진혁은 두 분이 나누는 대화 중 묘지를 파고, 아직 썩지 않았을지도 모를 시체나 시체의 뼈에 관한 이야기를 듣게 되자 두 마리의 여우가 자신을 죽여 매장하는 엉뚱한 상상까지 하게 되어 아버지와 어머니에게 들키지 않으려고 무거운 이불 속에서 손만 조금 움직여서 허벅지를 다시 꼬집어 보니 아팠다.

어머니가 다시 말했다.

"아버님께서 6.25 전쟁 통에 이른 나이에 돌아가셨잖아요. 서열이 낮아 문중 선산에서 묘지를 맨 아래에 쓴 것이 늘 마음에 걸렸지만 벌써 아홉 해가 지났으니, 몸은 썩고 뼈만 남아있을 거예요."

진혁은 어머니가 아버님이라고 하는 이야기에 조금은 안도의 숨을 내쉬며 고여 있던 침을 삼켰다.

'그렇다면 할아버지 묘지를 파서 할아버지 시체를 꺼내서 먹어? 백 년 묵은 여우라면 그럴 수도 있지, 그럼 나는 아닐지도 모르지. 난 아직 묘지에 묻히지 않았으니까. 글쎄 혹시

나를 할아버지 묘지에 묻고 다시 파내서 여우의 욕심을 채운다? 그래 그건 말이 안 돼, 그렇지만 아직은 안심할 수가 없어.'

이렇게 생각하자 머릿속이 엉키면서 복잡해졌다. 진혁은 더욱 귀를 쫑긋 세웠다. '설마 아버지와 어머니가 나를 할아버지 묘지에 파묻지는 않겠지' 하면서 조금은 위안을 하며 멈춰진 숨을 내쉬었다.

아버지가 다시 말을 받았다.

"아버님 몸이 썩었는지 그건 묘지를 파보아야 확실할 테지만, 그렇다면 산남3리 우리와 문중에 파가 다른 이 갑부집 말이야, 아버지가 팔순이 넘어 노망이 심해 돌아가실 것 같다는 소문이 퍼졌어. 이 갑부 아버지 돌아가시면 명당을 골라서 묘지를 쓸 텐데 우리도 이번 봄이나 늦어도 2~3년 안에는 문중 선산에서 제일 위쪽 문중에서는 쓰지 못하게 하는 명당자리라고 불리는 곳으로 이장합시다."

어머니가 말을 받았다.

"도둑 이장이 들키더라도 조상 대대로 이어져 온 가난은 이번 기회에 끝내야 해요. 자식들과 자손을 위해서라면 무슨 일인들 못하겠어요!"

어머니가 결연한 의지를 나타냈다.

아버지가 느슨하게 맞장구를 쳤다.

"그래요. 설마 문중 사람들한테 맞아 죽기야 하겠어? 들키면 이곳 사람들이 모르는 곳으로 가서 살면 되지. 어쨌든 기회를 봅시다."

길게 한숨을 내쉰 아버지가 잠시 침묵 끝에 혼잣말로 한마디를 더했다.

"그러나저러나 이번 돌아오는 보릿고개에 여섯 놈을 무얼 먹여서 살릴지가 걱정이군."

뜬눈으로 밤을 새운 진혁이 아침이 되어 일어나 보니 어젯밤에 보지 못했던 산골초등학교 입학통지서가 책상 위에 놓여 있었다.

비록 가난과 추위에 갇혀 있었지만, 봄은 오고 있었다.

춥고 배고픈 겨울이 지나고 봄이 찾아왔다.

억척스럽던 어머니는 집에서 가까운 야산을 개간하는 일에 할머니를 비롯한 식구들을 내몰았는데 야산 개간은 몇 년에 걸쳐서 이루어졌다. 그리고 야산을 개간한 밭에 옥수수를 대량으로 심어서 도시 도소매상에 팔았다.

명당 아래 야산과 옥수수 밭에서 펼쳐진 질기고 피눈물 나는 가난과 어머니와의 끝장 승부에서 승신은 어머니 쪽으로 점차 기울어 갔다.

달빛 조각은 암자 위에서 부서지고

어릴 때 어머니는 집안 대소사가 있거나 힘들 때면 길흉화복을 점치러 가끔 마을 뒷산 중턱 암자에 있는 보살을 찾곤 했다.

한여름 암자에 다녀온 다음 날 어머니는 굳은 표정을 짓더니, 가족이 한푼도 써보지 못한 차용증도 없는 아버지 노름빚은 못 갚는다며 '배를 째려면 째라'고 마을에 선언했다. 가족들 먹고살기도 어려운 살림에 노름빚은 절대 못 갚는다는 것이었다.

그 소식을 들은 빚쟁이들이 우리 집에 쳐들어와 안방에 드러누워 행패를 부렸다. 어머니가 외가로 잠적하자 빚쟁이들이 돌아갔다.

그리고 며칠 후 노름빚 문제로 아버지와 크게 다투신 어머니가 저녁식사 후 보이지 않았다.

진혁은 걱정이 되어 어머니를 찾으러 마을을 몇 바퀴 돌아다녀 보았지만, 어머니 모습은 보이지 않았다.

다시 마을 앞 큰길로 나섰다.

'그래, 어머니는 오늘도 암자에 가셨겠지. 얼마나 속이 상

하셨으면…'

진혁은 무서워 산 중턱 암자에 갈 엄두를 못 내고 머뭇거리고 있는데 칠흑 같은 어둠이 밀려오고 멀리 암자에서 나오는 작았던 불빛은 더욱 커졌다. 암자에서 나오는 불빛을 원망스럽게 바라보던 그때 마을 끝에 사는 친구를 만났다. 그 친구가 반갑기도 하고 어머니를 찾으러 암자에 가지 않아도 될 핑계 거리라도 잡은 것처럼 물고 늘어져 마을 끝 외진 곳에 있는 그의 집으로 갔다. 그리고 친구와 늦게까지 이야기를 하다 자정이 다 되어 집을 향해 터덜터덜 걸어왔다. 어두컴컴한 밤 무섭기도 하고 겁이 나서 조심조심 걷고 있는데 몇 년 전 어머니가 야산을 개간해 만든 밭이 있는 방향에서 부스럭거리는 소리가 들렸다. 진혁은 무서워 샛길 옆 숲으로 빠르게 그리고 조용히 몸을 숨겼다.

달빛 아래 소가 옥수수를 뜯어 먹는 형상이 나타났다가 사라졌다. 우리 집 소가 외양간을 뛰쳐나와서 옥수수를 뜯어 먹는 일은 자주 있던 일은 아니었다.

작년 여름 내가 초등학교 6학년 오후반 수업을 끝내고 학교에서 집으로 돌아왔을 때였다. 식구들이 모두 논에 일하러 나간 사이 외양간에 있던 소가 배가 고팠는지 고삐를 풀고 밭으로 뛰어들어 옥수수 열매와 잎사귀를 마구 뜯어 먹고 옥수수 밭을 절단 낸 적이 있었는데 그런 모습과 비슷했다. 한밤중에 소가 뛰쳐나왔다면 큰일이다. 소가 아니라면 귀신이나 도깨비인가? 무섭고 긴장한 탓에 귀신, 도깨비 그런 단어들이 머릿속을 들락날락했다.

산 밑에 밭이 있고 그 아래 비탈진 오솔길은 풀이 무성해서 길과 숲이 분간이 안 되었다. 급한 마음에 여기저기를 허둥대며 오리걸음으로 걷다가 돌부리에 걸려 넘어졌다. 넘어지고 일어나기를 몇 번이나 반복하자 눈앞에 도깨비불이 날아다녔다.

진혁은 반사적으로 산 중턱 암자를 쳐다보았다. 암자의 불빛은 꺼져 있었다. 그렇다면 어머니가 암자를 내려왔거나 암자에 가지 않았을 수도 있지 않을까 하는 의구심이 들었다. 만약 어머니가 암자에 가지 않았다면? 우리 집 농사 일 년 치 수확한 벼만큼을 몇 년에 걸쳐서 빚쟁이들한테 돌려주느니 어머니는 야밤에 도주해 버렸을지도 모른다는 불길한 생각이 머리를 스쳤다.

진혁은 생각했다.

'어머니는 더는 세월을 기다릴 수 없었는지 모른다. 아버지가 노름에 빠져서 농사일을 돌보지 않을 때 어머니가 대신 농사일의 선두에 나서면서 할머니를 비롯한 우리 식구들을 닦달해서 논밭으로 내몰았고, 자식들과 살아보려고 애를 쓰다가 이제 한계를 느낀 거야. 아버지와 크게 다툰 오늘 결국은 일을 벌인 것이 확실해! 거기에 마을 뒤 암자에 있는 미래 길흉화복을 족집게처럼 잘 보는 보살이 어머니한테 일단은 도망치라고 사주(使嗾)했을 수도 있어.'

진혁은 절망했다. 눈물이 흘러내리고 눈앞이 깜깜해졌다. 그대로 주저앉아 눈을 감았다.

'우리 집도 이제 어쩔 수 없이 야반도주를 결행해야 하는 걸까.'

몇 년 전 겨울밤, 아버지가 일확천금을 노리고 노름방에서 늦게까지 오지 않고 식구들이 모두 잠든 시각, 사랑방에서 등잔불을 켜놓고 시험공부를 하고 있었는데 어머니가 광에 들락거리면서 무언가를 숨기는 것 같았다. 호기심이 많은 진혁은 다음날 광에 들어가 확인해 보았다.

광에는 세 개의 큰 독이 있었는데, 첫 번째 독과 두 번째 독에는 초겨울에 담근 김치가 그대로 있었고, 세 번째 마지막 독 뚜껑을 열자 독 안에는 이불을 만드는 데 사용하는 큰 투박한 광목을 몇 번 접어서 네모반듯하게 속 뚜껑으로 덮여 있었다. 그리고 접힌 광목 속 뚜껑 아래에는 어머니가 시집올 때 가져온 듯한 조그만 금반지, 은비녀 등 초라하고 볼품없는 패물과 약간의 지폐가 있었으며 또한 비상식량인지 종자 씨인지 모를 옥수수와 감자, 조 등도 독에 감추어져 있었다.

'모든 일들이 어머니의 최후 수단으로 치밀하고 철저한 계획 하에 진행되고 있었던 거야.'

진혁의 확신은 흔들리지 않았다.

'며칠 전 어머니가 아버지의 노름빚을 못 갚겠다고 선언하고 빚쟁이들을 피해 외가 쪽으로 도피한 것은 오늘 같은 날을 대비해서 예행연습을 한 것이나 다름이 없어. 그때도 어머니 행동이 조금은 이상 했었는데, 이미 어머니는 오랫동안 대대로 지켜온 고향을 떠날 준비를 하고 있었던 게 분명해. 이렇게 치밀하게 오랜 시간을 두고 준비하는 것을 아무도 눈치를 못 채다니! 어머니를 말렸어야 했는데…. 우리 집 노름빚과 자식들 먹여 살리는 문제, 이 모든 것을 해결할 수 있는 최후의 준비된 방법은 자식들을 버리고 떠나면 된다고 어머니는 생각한 거야. 초강수를 어머니가 둔 거야. 내가 생각해도 다른 방법이 보이지를 않았으니까.'

진혁은 절규했다.

'우리 집은 앞이 보이지 않았고 혼돈의 연속이었고 공허했어. 그래도 어머니를 잡았어야 하는데…. 이제 늦었어! 너무 늦었어!'

진혁은 절망과 공포 회한에 몸을 떨며 울부짖었다.

'오늘 어머니는 결국은 그동안 준비한 최후의 선택에 종지부를 찍은 거야. 지금 생각해 보면 어머니는 모든 일에 주도면밀했어!'

진혁은 혼잣말로 중얼거렸다.

"어머니는 끝이 보이지 않은 지긋지긋한 가난에 끝장을 보고 싶어 했던 거야."

어머니가 이미 도주를 선택하였고 이제 남은 가족들도 어머니처럼 도주해야 한다. 도주 이외에 다른 여지가 없다고 생각되자 머릿속이 하얗게 비어 갔다.

얼마나 시간이 지났을까? 진혁은 정신을 가다듬고 엎드린 상태에서 오른손과 왼손을 움직여가며 양쪽 무릎을 끌어내렸다. 눈앞에 작은 별들이 수없이 번쩍거렸다. 이마가 찢어졌는지 이마에서 액체가 눈 아래로 흐르다가 코로 들어갔다. 발을 헛디뎌 머리를 부딪치고 넘어지기를 여러 번, 다시 풀숲을 헤치며 엉금엉금 기어서 집을 향해 내려갔다.

'어머니는 우리 가족을 버리고 도망친 게 확실해. 지난주

빚쟁이들을 피해서 외가로 잠적한 것처럼.'

어머니에 대한 약간의 믿음과 의혹이 맞부딪치면서 마음은 갈피를 못 잡고 있었다. 어머니가 혼자 도망쳤을 상상에 이르자 몸이 부르르 떨리고 한여름인데도 이가 덜덜 부딪치면서 오한이 일어났다.

'다른 식구들도 가난과 빚쟁이들을 피해 어둠이 걷히고 해가 뜨기 전 고향을 떠나야 한다. 우리 집은 이제 끝장났어.'

넝쿨이 얼굴을 긁었다. 따가운 산딸기 넝쿨을 손으로 잡아채자 손이 바늘에 찔린 듯 따끔따끔했지만 그것은 큰 고통은 아니었다. 아무리 어머니를 이해한다고 해도 자식들을 버린 어머니의 배신에 진저리가 쳐지고 치가 떨렸다. 진혁도 오기가 생겼다. 이빨에 힘을 주어 악다물고 다시 눈을 떴다. 진혁은 외쳤다.

"빨리 가야 한다!"

자꾸 흘러내리는 이마의 피와 눈물을 손으로 닦으면서 내 행동을 견고하게 확정하기 위해 시선을 집과 옥수수 밭 쪽으로 돌렸다. 그때였다. 밭 한가운데 키 큰 옥수수나무가 차례대로 흔들렸다. 늘어진 옥수수 잎사귀 사이를 오가는 달빛에 얼룩진 그림자가 옥수수나무를 흔들고 보름달만한 광주리에 옥수수를 따서 담고 있는 어머니 모습이 보였다.

진혁은 조용히 외쳤다.

"어머니! 그래, 어머니야!"

어머니는 달과 같은 큰 광주리를 머리에 이고 있었으며, 왼손잡이였던 어머니 왼손이 능숙하게 옥수수 열매를 따서 머리에 인 광주리에 올렸다.

하늘에는 온통 노랗고 하얀 옥수수 가루를 뿌려 놓은 듯한 은하수가 가득했고 옥수수 가루가 뭉쳐서 만들어진듯한 작은 별들이 어머니 옥수수 광주리에 쏟아져 내리는 것 같았다.

마을 뒷산을 쳐다보니 푸른 하늘은 산등성이에 걸쳐 있었으며, 산 중턱 암자에는 하늘에서 내려온 달빛이 조각으로 부서지고 있었다.

3

아버지의 일기 2000년대

전쟁의 서막

전화벨이 울렸다. 벌써 여러 번째 울리고 있지만 진혁은 그 소리를 무시한 채 모니터에서 눈을 떼지 못했다. 그는 모두가 퇴근하고 난 빈 사무실에 홀로 앉아 몇 시간째 그러고 있었다. 모니터에는 국제 특허 관련 기술 문헌들이 떠 있었다. 책상 위에는 여러 가지 서류들이 어지럽게 널려 있고 우유팩과 먹다 남은 카스텔라 조각이 비닐에 싸인 채 나뒹굴고 있었다. 책상 오른쪽 귀퉁이에는 사직서 봉투가 놓여 있었다.

그는 사직서를 써 놓고도 차마 일에서 손을 떼지 못하고 며칠째 실낱같은 희망에 매달리며 자료들을 뒤지는 중이었다. 별 기대도 없이 화면들을 넘기면서 머릿속에서는 갖가지 생각들이 날아다녔다. 진혁은 생각을 거듭할수록 회사의 태도에 화가 치밀었다. 어째서 이렇게 큰일이 닥쳐오도록 아무런 대비도 없이 시간만 흘려보냈단 말인가. 그는 몇 번이나 강조해서 주장했었다. '분쟁 사례 연구를 강화해야 한다. 특허소송 전담팀을 만들어 전문화하고 인력을 확대해야 한다'며 강력하게 주장했었다. 그러나 번번이 묵살하더니 분쟁이 빈번해지니까 이제 와서 그 중요성을 깨닫고 후회하고 있지만 너무 늦어 버렸다.

진혁은 벌써 4년째 아무도 맡지 않으려는 직책을 맡아 홀로 울타리를 여미려고 갖은 애를 쓰고 있는 중이었다. 이 일을 맡고 있는 4년 동안 그의 삶은 엉망이 되어 있었다. 가정생활은 물론이요, 개인의 여가생활이라는 건 꿈도 꿀 수 없는 세월이었다. 휴일을 휴일답게 보낸 게 언제였던가. 그럼에도 이번 분쟁에서 패한다면 1순위로 책임져야 할 사람은 물론 자신이 될 것이었다. 징계가 내려지거나 감원 1호가 될 것이다. 그는 멍하니 모니터를 응시한 채 저도 모르게 긴 한숨을 내쉬었다. 그렇다고 사표를 던지자니 16년의 회사 생활

동안 개인적으로나 가정을 꾸리고 아이들을 교육하는 데 있어서 회사로부터 받은 지원을 무시할 수는 없는 노릇이었다. 더구나 16년의 세월 동안 자신의 청춘과 피땀을 바친 회사가 아닌가. 그야말로 원망과 애착이 서로 뒤엉켜서 들끓는 중이었다. 그의 머릿속은 엉킨 명주 실타래 같아서 어디를 시작점으로 잡고 풀어내야 할지 가늠이 되질 않는 상태가 되어 있었다. 그는 가난하고 힘겨웠던 어린 시절을 떠올려 보았다.

어머니는 늘 손이 퉁퉁 붓도록 궂은일만 해가며 살아도 세 끼 밥 먹기가 왜 이리 힘든 거냐고 한탄하며 그 어렵던 시절을 하루하루 버텨냈다. 그런 어머니를 볼 때마다 그는 자라서 꼭 안정된 직업을 얻겠다고 다짐했었다. 흉년이나 홍수가 져도 세 끼 밥 걱정할 필요 없는 직업을 갖겠다고 택한 것이 국영기업체 기술자 시험을 치르는 것이었다. 시험에 합격하자 어머니는 눈물 바람을 하며 나랏일 보는 아들이 되었다고 자랑스러워 하셨었다.

국영기업이었던 직장은 민간 기업으로 바뀌면서 그의 삶도 많이 달라졌다. 이제 세 끼 밥을 걱정하는 시절에서는 멀어졌지만 지금까지 해오던 일을 던지고 다른 삶을 찾는다는 건 그로서는 생각조차 해본 적이 없는 일이므로 어느 것도 엄두가 나지 않았다. 당장 어려운 문제를 해결해내야 하는 무거운 짐을 진 자신이었지만 이 일이 천직임을 인정하지 않을 수 없었다. 그는 어떻게 해서든 이번 미국 A텔레콤과의 소송에서 보기 좋게 이기고 싶었다. 그가 진정으로 바라는 것은 사표도 휴식도 아니었고 오직 이기는 것이었다. 그러나 방법이 찾아지지 않았다. 눈을 씻고 찾아보아도 길이 보이지 않는 것을 어쩌란 말인가. 진혁은 이 괴로운 시간으로부터 벗어나고 싶다는 충동과 이기고 싶은 열망 사이에서 하루하루 자신을 소진시키고 있는 중이었다.

문제의 발단은 1998년 WTO 협정의 일환으로 국내 정보통신 시장이 완전히 개방되면서부터 불거지기 시작했다. 나라의 문이 열리자 선진국의 정보통신 업체들이 막강한 자금력과 기술력을 앞세우고 국내 시장에 밀고 들어 온 것이었다.

그즈음 문제의 미국 회사인 A텔레콤은 필리핀, 스페인, 멕시코에서의 시장 패권 장악에 이어 한국 시장 쟁패에 나선 것이다. 이때까지 100여 년간 국내 시장을 독점하고 있던 K텔레콤은 무방비 상태에서 막강한 적을 맞게 된 것이었다. 상대는 이 싸움을 위해서 벌써 6년 전부터 물밑 작업을 해 온 상태였다. 진혁의 회사인 K텔레콤은 연간 20억 달러어치의 통신장비를 시들였는데 6년 전부터 A텔레콤은 이 장비들을 통상 가격의 60%의 가격에 저렴하게 수입할 수 있도록 조건을 낮춰 줌으로써 수십 년간 거래해 오던 국내 제조업체들을 따돌려 놓은 것이다. 그들은 무려 80%나 되는 장비 물량을 장악한 후에 원가를 다시 120%로 올려 놓았다. 전적으로 A텔레콤의 장비에 의존했던 회사는 이 전략으로 재무구조가 극도로 악화되었다. 그렇게 해서 회사를 허약하게 만들어 놓은 뒤에 A텔레콤은 시장이 개방되기만을 기다려 준비했던 일격을 가한 것이다. 바로 특허 분쟁을 일으킨 것이다. 미국 정부는 WTO 협정으로 한국 정부를 압박하고 그에 발맞추어 A텔레콤은 K텔레콤에 소송을 건 것이다.

진혁은 이런 날이 올 것을 예상해 대비책을 마련해야 한다고 주장해 왔었다. 그러나 주장은 공허한 메아리로 돌아왔고, 결국 회사는 백척간두에 서게 된 것이었다. 만일 이번 분쟁에서 진다면 회사는 지난 10년간 사용료 10억 달러와 매년 2억 달러의 로열티를 지불해야 할 처지였다. 그렇게 된다면 가뜩이나 재무구조가 허약해진 회사로서는 더 버틸 힘이 없어지는 것이었다. 진혁은 국내 다른 반도체 메이커 그룹이 같은 이유로 막대한 손실을 입은 사례를 알고 있었다.

진혁은 어떻게 하든 회사를 구하고 싶었다. 바윗덩이를 지고 있는 듯 괴롭고 힘에 부쳤지만 이 일에 관련해 4년 동안 쌓아온 지식과 열정과 업무 해결 능력을 총동원해 돌파구를 마련하고 싶었다. 그러나 A텔레콤의 소송에 반론을 제기할 자료를 찾을 수 없었다. 특허법원에서는 3개월 이내에 반대 의견서를 제출하지 못하면 A텔레콤의 승소로 결정할 것이라는 심판 결정 예고 통지서가 날아온 상태였다. 통지서가 날아오도록 반론을 제기하지 못하고 있는 회사의 반응에 A텔레콤은 승리를 예감하며 득의양양한 상태였다. 더욱 어이없는 것은 국내 정보통신부와 권력기관이었다. 어차피 승소할 수 없다면 분쟁을 포기하라는 식의 압력을 가해 온 것이었다. 어이없기는 회사 고위층도 마찬가지였다. 일이 이렇게 흘러가자 싸워 볼 생각은 하지 않고 출구전략부터 짜고 있는 것이다. 오늘 아침 특허부장은 벌겋게 달아오른 얼굴로 진혁을 불러들이더니 대뜸 질문부터 했다.

"박 과장, 자네 반론 자료를 찾을 수 있겠어? 괜히 시간만 끌게 되는 건 아니지? 난 이제 더 버틸 수 없어. 위에서는 괜한 시간과 비용만 쓰지 말고 특허법원에 포기서를 쓰든지 아니면 피해를 최대한 줄이는 선에서 합의하는 게 낫지 않겠냐고 압력을 넣고 있어. 사실 내 생각도 그래. 괜히 시간만 끌고 나서 뾰족한 수를 내놓지 못하게 되면 피해만 늘려 놓았다고 우리에게 책임을 물을 게 뻔하잖아."

진혁은 울컥 치미는 화를 삭이며 강한 어조로 대답했다.

"통지서 날아온 지 며칠이나 됐다고 이 야단들입니까? 내가 놀고 있으면서 답을 내놓지 않는 겁니까? 협력해서 모두가 방법을 찾아봐야지요. 어째서 내줄 생각들만 먼저 하고 있는 거예요? 싸워 보지도 않고 지레 포기서부터 쓰자고요? 놈들이 그거 바라고 여기저기 압력을 넣으며 설치는 거 아닙니까. 3개월만 조용히 기다리면 끝날 일을 왜 저리 설치겠습니까? 분명히 뭔가 있을 겁니다. 찾아보겠어요. 이렇게 속수무책으로 밥그릇을 내줄 순 없어요. 부장님이 책임지지 않으시겠다면 제가 책임집니다. 까짓거 목 달아나기밖에 더하겠어요? 이런 식으로 불한당같이 밀어붙여서 필리핀이니 멕시코니 스페인 시장까지 먹어버리고 이제 우리까지 먹으려 하는데 곱게 바칠 수는 없지요. 그러니 제발 도움 주지 않으려면 시간이나 벌어 줘요. 지레 겁먹고 포기서 쓰잔 말은 하지도 말고요."

부장은 다소 기가 꺾인 얼굴로 진혁을 바라보았다.

"그래도 기한은 정해야 할 거 아냐. 아무 대책도 없이 마냥 기다리라고 할 수는 없잖아. 기한 되기 전에 합의를 요청해야 피해를 줄이든지 말든지 할 수 있지 않겠어?"

진혁이 한숨을 내쉬었다.

"저도 이렇게 잠도 못 자고 먹지도 못하며 일하다가는 3개월은커녕 1주일도 못 버티고 쓰러질 지경입니다. 어쨌든 한 주만 시간을 더 끌어 보세요. 그때까지도 못 찾으면 사표 쓰겠습니다."

한 주라는 말에 부장이 자리에서 일어나 진혁을 따라 나오며 뒤늦은 위로의 말을 건넸다.

"자네 힘든 건 내가 알아. 그래도 지금 우리가 믿을 건 자네밖에 없어. 이 일은 자네 말고 대신할 사람이 없잖은가? 한 주면 되겠어? 그럼 마지막 희망을 한번 걸어 보겠네."

부장은 진혁을 자리까지 배웅하고 사무실을 나갔다. 그는 자리에 앉아 다시 문헌들과 해외 자료들을 뒤지기 시작했다. 그는 부장실을 다녀오고 나서 가뜩이나 착잡했던 마음이 더욱 심화되었다.

근래 회사 분위기는 폭풍 전야의 상태였다. 수뇌부에서는 벌써 막강한 적의 손아귀에서 벗어날 길은 없다고 판단하고 솟아날 구멍을 마련하느라 연일 분주했다. 중역들은 특히 패배 비용 지출과 시장 잠식 대비 비용을 감당하기 위해서 사원 30%를 감원할 준비를 해 둔 상태였다. 소문은 소리 없이 번지기 마련이어서 사내는 술렁이기 시작했고, 서로 밀려나지 않으려 애쓰는 기색이 역력했다. 인사 부서와 감사 부서 사람들은 동료들을 평소와 다른 눈으로 바라보기 시작했다.

회사 안의 화제는 대부분 누가 살아남고, 누가 떨려 나느냐를 가지고 수런거리는 소리뿐이었다.

진혁은 이 모든 상황이 모두 부담으로 다가왔다. 일개 과장의 어깨에 이렇듯 무거운 짐을 지워놓고 모두 어디로 갔단 말인가. 그는 끔찍한 고독감에 몸을 떨며 빈 사무실을 새삼 둘러보았다. 그때, 다시 전화벨이 울리기 시작했다. 약속이나 한 듯 전등까지 꺼져 버렸다. 8시가 된 모양이었다. 자동 소등장치가 작동한 것이었다. 진혁은 익숙한 손놀림으로 서류꽂이 옆에 세워진 스탠드의 스위치를 켰다. 매일 8시를 넘기며 회사에 남아 일을 하다 보니 이젠 소등되어도 놀라지도 않았다. 침침한 사무실 안에서 울리는 전화벨 소리는 더욱 그의 신경을 자극했다. 그는 갑자기 정신이 들기라도 한 듯 어슴푸레한 책상 위를 더듬어 전화 수화기를 들었다. 경쾌한 아이 목소리가 그의 귓바퀴를 튕겼다.

"아빠?"

진혁은 갑자기 끔찍한 고독감에서 헤어난 얼굴이 되어 얼굴 가득 미소를 머금고 대답했다.

"상민이구나? 어쩐 일이야, 아들? 아빠가 보고 싶어서?"

진혁은 이 한통의 전화로 모든 고통을 털어내기라도 하려는 듯 과장된 목소리로 수화기에 매달렸다. 아이는 금세 어리광이 깃든 목소리가 되었다.

"네. 그런데 이번 주말에 송추계곡에 데려가 준다더니 아빠가 계속 집에 안 와서요. 오늘은 오실 거예요?"

진혁은 말문이 막혔다. '그런 약속을 했었던가?' 그의 머릿속은 잠시 암전 상태가 되었다. 아이를 실망시킬 것이 뻔한 말을 어떻게 해야 할지 몰라 그는 아내에게 도움을 청하기로 마음먹었다.

"엄마는?"

진혁이 좀전의 과장된 목소리를 누그러뜨리고 물었다. 아이는 냉큼 대답했다.

"백화점에서 아직 안 왔어요."

"아직도? 에이, 애들만 놔두고 늦게까지 일하는 거 그만하랬더니…."

진혁은 순간 난감해졌다. 짧은 순간, 이쯤에서 모두 포기하고 사표를 던지고 나가 버릴까 하는 생각이 다시 고개를 들었다. 해결할 수도 없는 일에 매달리느라 아이를 실망 시킨 것이 벌써 몇 번째던가. 그러나 그럴 수는 없었다. 자신이 손을 들고 물러나는 그 순간이 바로 6만 사원의 앞날을 결정하는 날이 될 것이다. 그는 먼저 코앞에 닥친 일부터 해결하기로 했다.

"상민아, 아빠가 정말 미안한데, 계곡에 가는 건 좀 미뤄야 겠다. 아빠 회사가 지금 아주 힘든 상황에 처했거든. 아빠가 일을 하지 않고 집에 가 버리면 많은 사람이 힘들어져. 그러 니까 아들이 이해해 줘, 응?"

아이는 실망했는지 아무 말 없이 쌕쌕 숨소리만 내고 있었 다. 순간 진혁은 지키지도 못할 약속을 남발하는 자신에게 짜증이 났다. 진혁은 왼손에 수화기를 든 채로 오른손으로는 여전히 마우스를 움직이며 눈은 모니터를 향해 있었다. 그는 아들에게 무슨 말인가를 다시 하려다가 화면에 눈이 붙박인 채로 점점 커지고 있었다. 화면에 떠오른 '지능형 시스템'이 라는 글자가 그의 눈길을 사로잡은 것이다. 그는 다급히 말 했다.

"상민아, 아빠가 나중에 전화할게."

전화를 내던지고 그는 모니터에 얼굴을 들이밀었다. 모니 터엔 '지능형 시스템 아키텍처' 라는 제목의 논문이 떠 있었 다. 그는 혼자라는 것도 잊고 마치 부하 직원이라도 옆에 있 는 듯이 소리쳤다.

"아니, 어째서 이런 게 여기 들어 있는 거야? "

국내외 INS 기술과 관련해 국제특허분류에 나타난 특허 관련 자료란 자료는 이 잡듯이 뒤졌었는데 본 적이 없던 자료였다. 그뿐인가? 국제특허 관련 기술 문헌에 전자, 통신, 전기 분야까지 샅샅이 뒤졌는데 사각지대에 숨어 있던 자료를 발견하지 못했던 것이었다. 그는 다시 중얼거렸다.

"참, 왜 이런 엉뚱한 곳에 기술 논문이 들었느냐 말이야!"

진혁은 눈이 번쩍 뜨이는 자료를 앞에 두고 한 가닥 희망을 걸어볼 수도 있겠다는 마음에 들뜨기도 하고 한편으론 헛고생하며 애태운 만큼 분통도 터졌다. 문제를 풀 수도 있을 것 같은 자료가 가전 분야에 들어 있었던 것이다. 진혁은 저도 모르게 소리를 질러댔다.

"제발, 제발 내게 돌파구를 열어줘! 이 망할 자식들에게 한 방 먹일 수 있게 해 달라고!"

진혁은 흥분을 가라앉히고 자료를 살펴보았다.

1978년 미국 컬럼비아 대학의 존슨 교수가 '지능형 시스템 아키텍처'란 제목으로 발표한 논문이었다. 그 내용은 전화를 이용해 가정용 전자제품과 전기제품 등을 하나의 지능형 시스템으로 컨트롤할 수 있는 장치의 기본 구상을 담은 것이었다. 이번 특허 분쟁은 K텔레콤이 10년 전에 대덕 국책 전자통신연구소인 ETRI와 공동 개발하여 사용 중인 INS, 즉 지능망 관리시스템의 원천 기술이 관련된 것이다. 이것은 모든 IT 기술, 인터넷 기반 기술, 차세대 이동통신인 스마트폰에 필수

적인 핵심 기술인 것인데, 미국 통신회사인 A텔레콤이 이것
을 최초로 개발한 것으로 주장하고 나선 것이었다. 그러나
존슨 교수의 논문 내용을 보면 이미 오래전에 그가 개발한
것이었다. A텔레콤이 그것을 도용한 것임이 분명했다. 진혁
은 책상을 치며 일어섰다.

"바로 이거였어! 이걸 찾아낼까 봐 놈들이 조바심을 냈던
거야. 어쩐지 냄새가 나더라. 가만히 기다리고 있었으면 이
길 수도 있었을 텐데, 압력까지 넣으며 설치는 바람에 덜미
를 잡힌 거지. 으흠, 그런데 이걸 입증하려면 먼저 어떻게
해야지?"

진혁은 가슴이 떨려 생각이 모아지지 않았다. 그는 책상
사이를 오락가락하며 심호흡을 하고 일의 갈피를 잡으려 정
신을 집중했다.

그때 문득 떠오르는 이름이 있었다. 김노식 박사였다. 그
는 컬럼비아대학에서 박사 과정을 마치고 조교수로 재직하
던 중 미국 Bell연구소 지능통신망 연구부장으로 발탁되어
갔었다. K텔레콤은 한국인 과학자 영입 계획을 세우고 1992
년에 그를 영입했다. 지금 그는 K텔레콤 자회사인 멕시코미
디텔사 사장으로 나가 있다. 진혁은 그가 국내에 근무하던
때 팀장으로 모신 적이 있었다. 그의 이름이 떠오르자 더 생

각할 것도 없이 진혁은 휴대폰을 뒤져 전화번호부를 찾아보았다. 휴대폰이 바뀔 때마다 번호들을 옮겨 저장해 두었으니 남아있을 것이었다. 그는 번호를 찾아내기도 전에 한 손으론 책상 위에 놓인 회사 전화의 수화기부터 들었다. 역시 번호가 남아있었다. 한 손에 휴대폰을 다른 한 손엔 유선전화를 들고 번호를 누르면서 그는 멕시코 현지 시간을 계산해 보았다. 낮 1시쯤. 그렇다면 통화를 할 수도 있겠다는 생각에 가슴이 뛰었다. 신호가 떨어지고 있었다. 그는 재빨리 스페인어로 '여보세요가 뭐더라?' 생각한 후에 입술에 침을 발랐다.

"라 다 인떼르나씨오날?"

"라 다 인떼르나씨오날?"

진혁은 상대의 말을 따라 거기까지 말해놓고 나서 한국말로 김노식 박사를 찾았다. 다행히 전화를 받은 사람은 한국인이었다. 상대는 재빨리 한국말로 대꾸했다.

"아, 박사님이요? 지금 사무실에 안 계신데요."

진혁은 갑자기 입 안이 마르는 것 같았다.

"그럼 언제쯤 통화할 수 있을까요?"

상대는 스페인어로 그쪽 누군가에게 묻는 듯하더니 잠시 후에 답이 돌아왔다.

"멀리 가시진 않았답니다. 한 시간 후쯤 다시 연락하세요."

진혁은 안도의 한숨을 내쉬었다. 그는 수화기를 내려놓고 정수기로 다가가 냉수를 한 컵 받아 단숨에 들이켰다. 다시 자리로 돌아와 모니터를 들여다보며 혹시 잘못 본 건 아닌지 논문 발표 연도를 확인하고 다시 안도의 한숨을 내쉬었다. 분명 A텔레콤이 개발했다는 연도보다 10년이나 앞서 발표한 논문이었다. 그들이 존슨 교수의 논문을 도용해 놓고 나중에 개발에 성공한 K텔레콤에게 특허침해 소송을 낸 것이 분명 했다. 진혁은 분개하며 혼자 중얼거렸다.

"적반하장도 유분수지. 두고 봐라, 대 반전을 일으켜 줄 테니."

진혁은 다시 통화하기 위해 기다리는 한 시간이 너무 길게 느껴져 또다시 자리를 박차고 일어나 서성거렸다. 부장에게 전화를 걸어 의논을 해 볼까? 생각하다가 그는 머리를 저었 다. 어차피 이 자료를 반전의 무기로 앞세울 수 있을 것인지 확인 절차가 남아있었다. 1주일이라는 시간을 벌어 놓은 상 태니 서두를 필요는 없었다. 확인이 된 후에는 더 많은 시간 을 벌 수도 있을 것이었다. 그는 다시 마음을 가라앉히고 어 지럽게 늘어놓은 책상 위를 정리했다. 미리 써 놓은 사표도 서랍 속에 넣어 두었다. 통화한 지 50분쯤 지났을 때 진혁은 다시 수화기를 들어 번호를 눌렀다. 이번에는 김 박사가 직접 전화를 받았다. 미리 소식을 듣고 전화를 기다리고 있었던 모양이었다.

"아, 진혁 과장인가? 오랜만이군. 지난봄에 한국에 갔을 때 자네 생각이 나서 얼굴이나 보려고 전화했더니 지방 출장 중이라더군. 헌데 어쩐 일인가? 안부 전화는 아닐 테고…"

진혁은 마음이 급해 본론부터 꺼내 놓았다.

"박사님, 급히 알아볼 것이 있어서요."

진혁은 현재 소송 중인 특허침해 건에 대해 설명하고 존슨 교수의 논문을 찾아낸 이야기를 했다. 김 박사는 단박에 전화를 건 용건을 간파했다.

"존슨 교수라고? 컬럼비아대학에 있는? 그분이라면 나도 알고 있지. 아마 지금도 학교에 남아있을 거야. 내가 컬럼비아대학 출신 아닌가. 아! 그러고 보니 자네가 이 일에 나를 떠올린 이유를 알겠군. 어쨌든 INS 기술이라면 나도 알고 있지만 그게 1978년에 발표된 내용과 일치한다니 놀랍네. 그런 건 어떻게 찾아낸 거야? 아무튼 자네의 일에 대한 열정은 예나 지금이나 변함이 없군. 가만있자, 그런 거라면 전화로 알아볼 수는 없는 일이고 직접 미국으로 가서 만나 봐야 하지 않겠나?"

진혁이 수긍했다.

"그래야겠지요? 존슨 교수가 논문에 발표한 기술을 특허로 출원한 사실이 있는지 알아봐야 하고 이 일에 존슨 교수의 도움을 받을 수 있을지도 타진해봐야 하니까요."

김 박사는 사안이 중대한 만큼 자신도 동행하겠다는 의사를 밝혔다. 두 사람은 며칠 후 미국 뉴저지주 포트리에 있는 K텔레콤 지사에서 만나기로 약속했다.

다음 날, 진혁은 말쑥하게 정리된 모습으로 부장실로 들어갔다. 특허부장은 피곤에 쩔어 있어야 당연할 것 같은 인물이 의외의 모습으로 나타난 것에 지레 넘겨짚고 나섰다.

"뭐야? 좋은 일이야? 일주일 달라더니 하루밖에 안 지났는데 설마 벌써 마음의 정리를 해버린 건 아니지?"

진혁은 의문으로 가득 찬 부장의 얼굴을 정면으로 바라보며 이야기의 실마리를 어디서부터 풀지 생각하고 있었다. 부장은 도저히 가늠이 되지 않는다는 듯 손을 내저었다.

"알았어, 각오하고 들을게. 뭐든 얘기해봐."

진혁은 전날 밤에 일어난 상황을 간략하게 정리해서 설명했다. 부장은 진혁이 출력해온 자료들을 훑어보더니 눈이 휘둥그레졌다. 그는 잔뜩 흥분한 목소리로 말했다.

"자네가 해냈군, 해냈어! 그래, 이거라면 한번 해볼 만하지.

존슨 교수가 어떻게 나올지는 모르겠지만 일단 반론 자료를 제출할 수는 있게 된 거잖아. 시간은 내가 얼마든지 벌어 줄 테니 미국에 다녀와. 가만있자, 존슨 교수가 미국인이라는 게 좀 걸리기는 하지만 만일 우리 편에 서주기만 한다면 우리가 이 소송에서 이길 수도 있는 건가? 그렇게 되면 대 역전이 일어나겠군? 자네와 내가 쓰러지기 직전의 회사를 일으킨 공로자가 되는 거 아냐? 우하하하! 믿을 수 없는 일이 일어났군 그래. 잘했어! 김 과장 잘했어."

부장은 마치 슈퍼맨이 되어 망토 자락이라도 펼치고 날아오를 것 같은 기세였다. 진혁은 부장의 흥분된 목소리에 동요하지 않고 담담한 목소리로 말했다.

"일단 미국에 가서 추이를 본 후에 보고하는 건 어떨까요? 존슨 교수가 절대 도움을 줄 수 없다고 거절하면 어차피 상황은 같아지는 거잖아요."

부장이 펄쩍 뛰었다.

"그건 아니지. 우선은 시간도 벌어야 하고, 이렇게 중차대한 사안을 어찌 보고하지 않는단 말인가? 안 그래도 포기서를 제출하느니 마느니 하고 있는 판국에 일 저지르지 못하도록 못을 박아놔야지. 이걸 보고도 그런 소리를 하진 않겠지. 그럼 난 올라갔다 오겠네."

부장은 벌써 출력한 논문을 챙겨 들고 자리를 뜨고 있었다. 진혁은 말리기를 포기하고 부장을 따라 방을 나왔다.

며칠 후, 진혁은 김 박사와 함께 컬럼비아대학으로 향했다. 뉴욕 시내 할렘가 동편에 자리 잡은 대학은 오랜 역사를 간직한 학교답게 고풍스런 분위기로 두 사람을 맞았다. 김 박사는 캠퍼스를 둘러보며 새삼 감회에 젖었다.

"참 오래간만에 와봐도 여긴 여전하군. 이 대학은 한국과 인연이 깊은 학교지. 60~70년대에 나를 비롯해서 가난한 한인 유학생들이 많이 다닌 곳이기도 하고 1997년 8월에는 한반도의 항구적 평화 정착을 위한 미국과 중국 한국과 북한의 4자 예비회담이 열렸던 곳이기도 하네. 여기서 공부하고 조교 생활하던 때가 엊그제 같은데 세월이 벌써 이렇게 흘렀군. 예전엔 나도 저기 보이는 저 나무 아래서 책을 읽곤 했었지. 시간이 흘렀으니 나무도 저렇게 자라있군."

김 박사가 손가락질해 보인 곳에 늠름한 나무 한 그루가 그늘을 드리우고 있었다. 그 아래에 마치 오래전의 모습을 재현하기라도 하듯 젊은 남녀가 나란히 나무에 기대앉아 무릎에 책을 펼쳐 놓고 무슨 얘긴가를 나누고 있었다. 진혁은 조금 전까지도 머릿속에 가득 담겨있던 업무에 대한 생각들을 잠시 잊고 평화로운 대학 캠퍼스의 분위기에 잠시 도취되었다. 김 박사는 익숙한 발걸음으로 진혁을 존슨 교수가 있다는 강의실로 안내했다.

존슨 교수는 빈 강의실에서 손님을 기다리고 있었다. 백발이 성성한 노 교수는 자신을 만나러 오겠다고 연락해 온 사람들을 어떻게 대해야 할지 마음이 무거워지고 있었다. 불과 며칠 전 그는 이 고민거리를 마주하게 된 것이었다. 강의다 연구다 해서 바쁘게 돌아치는 동안에는 생각할 겨를도 없이 지나갔지만 막상 생각보다 빨리 약속 날짜에 닥치고 보니 아직 정리되지 않은 생각들이 그를 갈등하게 하는 것이었다.

며칠 전, 그는 강의를 끝내고 학교를 나서다가 낯선 남자의 방문을 받았었다. 검은 양복 차림을 한 남자가 다가와서 그의 신원을 파악하더니 곧장 길가에 세워진 검은 승용차에 눈짓을 보냈다. 그러자 차 안에서 한눈에 보기에도 고급스런 양복을 차려입은 중년의 남자가 그에게 다가와 정중히 인사를 하는 것이었다.

"존슨 교수님이십니까? 안녕하세요? 저는 CIA에서 나온 조던 베이커입니다."

존슨 교수는 엉겁결에 그의 손을 잡고 인사를 나누었다. 조던이란 남자는 과장되게 존경심을 표하며 논문에 관련해

의논하고 싶은 것이 있으니 시간을 내줄 수 있는지 물었다. 교수는 첩보 영화에서나 볼 법한 장면에 자신이 처해 있는 게 어쩐지 불안한 기분이 들어서 다시 학교로 들어가 캠퍼스 벤치에서 이야기를 나누자고 했다. 의심적은 상대를 자신의 영역으로 끌어들여야 위험한 상황은 면할 것 같은 예감이 들어서였다. 상대는 교수를 위협하려는 목적으로 온 것은 아닌 모양이었다. 그는 교수의 제안을 저항 없이 받아들였다. 두 사람은 나무 그늘 아래 벤치에 나란히 앉았다. 도무지 무슨 용건으로 찾아왔는지 가늠이 되지 않는 눈초리로 존슨 교수가 조던이란 남자를 바라보았다.

남자는 더 이상 뜸을 들일 수 없겠다는 표정을 짓더니 입을 열었다.

"교수님이 1978년에 발표하신 논문에 관해 이야기하러 왔습니다. 같은 미국인의 입장에서 기술을 개발하신 교수님께 존경심을 표합니다."

조던의 말에 존슨 교수는 의례적인 답변과 질문으로 민망함을 대신했다.

"아, 별말씀을요. 그런데 그 문제를 어째서 CIA에서 거론하는 겁니까?"

그러자 조던이 정색을 하며 본론을 드러냈다.

"아시겠지만 지난 1992년에 A텔레콤에서 교수님이 개발하신 기술을 응용해서 특허를 취득했잖습니까? 헌데 그 기술은 IT와 인터넷 관련 기술 총합의 원천 기술로 향후 100여 년의 기술 패권을 좌우할 중요한 기술이라는 것입니다. 미국 경제의 미래 구상에도 당연히 중요한 위치를 차지합니다. 그래서 정부에서는 이 일에 관련해서 지원을 아끼지 않을 계획입니다. 그 일에 관련해서 현재 소송 중인 한국 측에서 누군가 교수님께 접촉해 올지도 모릅니다. 거의 승소한 거나 다름없지만 만에 하나 접촉해 온다면 신중한 답변을 하시라는 말을 전하러 왔습니다."

거기까지 듣고 난 존슨 교수가 자리를 털고 일어섰다.

"그러니까, 내 입을 꿰매러 오셨군?"

교수의 반응에 조던의 안색이 굳어졌다. 그는 처음의 태도와는 달리 다소 고압적인 목소리로 말했다.

"어차피 교수님은 미국인의 편의를 위해 신기술을 개발한 것이 아닙니까? 그렇다면 국가의 권익에 해를 끼치는 일은 하지 않으시리라 믿습니다. 이 일에 관련해 흥정을 원하신다면 저희가 성심껏 준비해 보겠습니다."

조던의 마지막 말은 학자의 자존감에 타격을 입혔다. 그의 말이 끝나기도 전에 발끈한 존슨 교수가 자리를 떠버렸다.

조던은 교수를 지나쳐 가면서 다시 한마디 덧붙였다.

"신중하게 대처하는 게 좋으실 겁니다."

그는 빠른 걸음으로 캠퍼스를 나가더니 승용차에 올라 유유히 사라졌다.

조던이 다녀가고 나서 한 달도 되지 않았을 때 컬럼비아대학 출신의 한국 통신회사 사람에게서 연락이 온 것이다. 존슨 교수는 바쁘던 와중에 전화를 받고 만나는 일을 회피하려 했으나 상대는 물러설 기세가 아니었다. 어지간히 다급한 모양이었다. 존슨 교수는 일단 약속을 정했다. 어차피 발표된 논문을 알고 찾아오겠다는 사람을 따돌릴 묘안이 떠오르지도 않았거니와 진실을 다르게 둘러댈 필요성도 느끼지 못했기 때문이었다. 더구나 조던이란 자의 태도도 불쾌하기 짝이 없는 것이었다. 그는 순수한 의도의 연구 논문이 엉뚱한 이권 싸움에 이용되고 있다는 자체가 마음에 들지 않았다. 어느덧 약속했던 날짜는 다가왔고 그는 강의를 끝낸 후에 빈 강의실에 남아 그들을 기다리고 있었다. 시간이 되자 강의실로 두 남자가 들어섰다.

"어서들 오게."

존슨 교수가 두 사람을 맞이했다.

"안녕하세요. 제가 일전에 전화 드렸던 김노식입니다. 이

대학에서 박사학위를 받았고, 교수님의 수업도 들은 적이 있습니다. 이렇게 건강하신 모습을 보니 대단히 반갑습니다. 그리고 이쪽은…"

그가 소개하려고 하자 진혁이 직접 나섰다.

"안녕하세요? 저는 한국의 K텔레콤 특허부에서 온 박진혁입니다."

존슨 교수는 두 사람과 차례로 악수를 나누고 자리를 권했다. 자리에 앉자마자 진혁은 찾아온 용무를 설명했다. 그에게서 존슨 교수는 강한 에너지를 느꼈다. 유창하지 못한 영어로 설명하고 있었지만 교수는 수많은 사람들을 겪고 가르치면서 특유의 사람 식별하는 능력이 강하게 발달해 단박에 알아볼 수 있었다. 그가 설명하고 있는 중간 중간 김 박사가 보충 설명을 곁들였다. 시종일관 차분한 얼굴로 설명을 듣고 난 존슨 교수는 논문을 처음 발표했을 당시의 이야기를 들려주었다. 교수가 논문을 발표할 당시에는 지능형 시스템이라는 게 상업성이 거의 없어 잠잠하다가 10년이 흐른 뒤에야 기업들이 앞을 다투어 응용 개발에 나섰다는 내용이었다. 설명을 듣고 있던 김 박사가 질문했다.

"개발 붐이 일었을 때 특허 출원을 하셨었나요?"

존슨 교수는 머리를 저었다.

"내가 신기술을 연구한 건 인류에 생활편의를 제공하기 위한 보편적 기술로 확산되고 응용되기를 원했던 것이지 부의 축적 수단으로 삼으려 했던 의도는 없었네. 그런데 새삼스럽게 특허 출원을 해서 기업들과 싸울 필요가 있었겠나?"

진혁은 교수의 말을 듣고 다소 흥분된 목소리로 말했다.

"교수님의 의도와는 달리 미국의 거대 통신회사는 이 특허를 앞세워 중진국들의 통신사들을 위협하고 결과적으로는 나라 경제까지 어렵게 만드는 행태의 수단으로 쓰고 있습니다."

존슨 교수는 그의 말을 듣고 분개했다. 이런 일을 자행하고 있으면서 자신에게 신중한 처신을 하라고 압력을 넣고 간 그들이 새삼 더 괘씸하게 여겨졌다. 존슨 교수는 착잡한 심정을 감추지 못했다.

"나도 내가 연구한 기술이 중진국 시장 패권을 장악하는 데 악용되고 있다는 것이 유감스럽네. 아마도 이건 많은 과학자들이 똑같이 겪는 시련이기도 하겠지. 인류의 안녕과 편의를 위해 연구한 것들이 이렇듯 정치적으로, 장삿속으로, 혹은 전쟁 살상 무기로 이용되고 있는 것은 이젠 놀랄 일도 아니니 말이네."

다급해서 찾아간 진혁과 김 박사는 오히려 실의에 빠진 존슨 교수를 보고 위로할 말을 찾지 못해 당황스러워하고 있었다. 진혁은 그를 소송의 소용돌이에 끌어들여야 한다는 사실이 괴롭게 느껴졌다. 그러나 사정이 급박하니 입을 열지 않고 돌아갈 수는 없는 일이었다. 진혁은 어렵사리 찾아온 두 번째 용건을 내놓았다.

그의 말을 들은 존슨 교수는 신중하게 생각해 보더니 결론 없는 답을 내놓았다.

"그 점에 있어서는 생각을 좀 해보아야 하겠네. 좀 전에도 말했듯이 나는 이권 싸움에는 관심이 없네. 물론 A텔레콤의 일방적인 밀어붙이기에 희생양이 된 자네들의 회사 사정은 유감스럽네만. 그런 번거로운 일을 시작해야 한다니 벌써부터 머리가 아프군."

존슨 교수는 대답해 놓고 나서 잠시 고민을 하더니 두 사람을 번갈아 보며 마음속에 가지고 있던 우려의 말을 조심스럽게 내비쳤다.

"난 이 일을 맡은 당신들이 걱정되네. 이 소송 뒤에 미국 정부가 버티고 있다는 것을 알고 있나? 얼마 전 미국 정보부 사람이 나를 찾아왔었네. 신중하게 처신하라고 정중하게 협박하고 갔지. 자네들이 지금 누구와 싸우고 있는지는 알아야 할 것 같아서 알려주는 것이네. 이 싸움은 결코 간단한 것이 아니라는 것을 알아 두게."

존슨 교수가 자리에서 일어섰다. 두 사람도 따라서 일어났다. 진혁이 먼저 존슨 교수에게 손을 내밀며 인사했다.

"만나주셔서 감사합니다."

컬럼비아대학 강의실을 나오면서 진혁은 가슴에 돌덩이가 얹힌 듯 답답해졌다.

존슨 교수의 말을 듣고 나니 자신이 싸우고자 하는 상대가 비단 A텔레콤에서 그치는 것이 아니라 그 뒤에 거대한 미국이라는 나라가 버티고 있음을 깨닫게 된 것이었다. 그는 그간 머릿속을 맴돌던 의문들이 더욱 증폭되었다. 엉뚱한 곳에 옮겨져 있는 자료, 권력기관으로부터의 압력, 회사 고위층의 소송에 대한 미온적인 태도 등, 모든 것이 서로 맞물려 있는 것은 아닐까 하는 의구심이 일었다. 그들은 이 거대한 그림자에 지레 겁을 먹고, 싸워서 이기기보다는 굴욕적이나마 합의를 이끌어 내고 싶은 것이 분명했다. 진혁은 이 특허 분쟁이 오래전부터 계획된 것인 줄은 짐작하고 있었지만 무시무시한 의도를 등 뒤에 숨기고 있을 줄은 꿈에도 몰랐다. 그렇다면 이건 국가 간의 갈등을 유발할 수도 있는 예민한 문제였다.

김 박사도 만감이 교차하는지 묵묵히 걸음을 옮길 뿐 말이 없었다. 두 사람은 진혁이 예약해 둔 호텔로 가서 장차 이 소송 문제를 어떻게 해결하는 것이 좋을지 의논했다. 진혁은 지레 겁먹고 여기서 손을 들고 싶은 생각은 추호도 없었다. 상대가 아무리 막강한 힘을 가졌다고 해도 분명 쓰러뜨릴 방법은 있을 것이라는 게 그의 생각이었다. 그는 어떤 위험이 따르더라도 할 수 있는 모든 노력을 쏟아 보고 싶었다. 존슨 교수는 소송에 말리고 싶지 않다는 의사를 비쳤지만 딱 잘라 거절을 하지는 않았으므로 설득의 여지는 남아있었다. 진혁은 모든 것이 준비되면 어떻게 해서라도 존슨 교수를 설득할 작정이었다.

진혁은 피곤한 기색이 역력한 김 박사를 방에서 쉬도록 남겨두고 다시 호텔을 나왔다. P&E법률회사에 있는 지미 변호사를 만나러 갈 생각이었다. 김 박사와 의논을 한 끝에 이 소송은 한국 내에서 수비적으로 분쟁할 것이 아니라 미국으로 끌고 나와 A텔레콤의 실상을 잘 아는 현지 변호사를 통해서 싸우는 것이 유리할 수 있겠다는 결론을 내린 것이었다. 지금 만나러 가려는 지미 변호사는 진혁이 4개월간의 해외연수 기간 중에 가깝게 지냈던 인물이었다. P&E로펌에서 3개월에 걸친 법률 실습을 했었던 진혁은 이 회사 소속 변호사인 지미를 만나게 된 것이었다. 지미는 그가 연수 중일 때 가끔씩 자신의 집으로 저녁 초대를 하기도 하고 경험 삼아 자신이 참석할 세미나에 진혁을 데려가 주기도 했었다. 진혁은 그가 특허분쟁 전문 변호사라는 것을 기억하고 그에게 자문을 구할 작정이었다.

진혁이 뉴욕 맨하튼 45번가에 위치한 P&E로펌에 도착했을 때는 뉘엿뉘엿 해가 지고 있었다. 회사 건물 위로 노을이 붉게 물들어 진혁으로 하여금 몇 년 전 연수 시절의 기억이 떠오르게 했다. 진혁은 아무 걱정 없이 이 건물을 드나들며 실습하던 그때가 얼마나 평화로운 때였는지 새삼 떠올리면서 열정만을 앞세울 수 있었던 그 시간들이 그립기까지 했다. 진혁이 지미의 사무실로 들어서자 퇴근 시간이 지났음에도 남아있는 몇몇 사람들이 눈에 띄었다. 사무실을 들어서는 진혁을 발견한 지미는 반색을 하며 달려와 얼싸안았다. 그는 미리 퇴근 준비를 하고 기다리고 있다가 곧바로 진혁을 이끌고 저녁식사를 하자며 나섰다. 두 사람은 뉴욕 거리에 있는 중국요리 집으로 들어가 안내 받은 자리에 앉았다. 자리에 앉은 진혁이 웃으며 말했다.

"중국요리 좋아하는 건 여전하네요? 젓가락질은 좀 늘었나요?"

지미가 익살스러운 표정을 지으며 테이블 위에 놓인 젓가락을 들어 여전히 서툰 솜씨를 보여 주었다.

"왜 그런지 젓가락질은 아무리 해도 늘지 않아."

그는 중지와 약지 사이에 불안정하게 걸쳐 잡은 젓가락으로 집게질을 하며 장난을 쳤다. 잠시 후 매끄러운 푸른 비단옷을 몸의 선이 드러나도록 꼭 끼게 차려입고 머리를 땋아 내린 여자가 와서 주문을 받았다. 지미는 여러 가지 맛의 딤섬을 주문하고 진혁은 면을 주문했다. 두 사람은 음식이 나오기 전 마시도록 준비된 우엉차를 마시며 이야기를 시작했다. 진혁은 찾아온 용건을 이야기했다. 특허 분쟁에 휩싸이게 된 경위며, 존슨 교수를 만나고 그가 들려준 이야기까지 모두 털어놓았다.

지미는 소송에 관한 이야기가 나오자 특유의 익살스런 표정을 거두고 진지한 표정으로 듣더니 존슨 교수에게 들은 이야기가 나올 즈음엔 붉으락푸르락해졌다가 A텔레콤의 횡포 이야기로 전환되자 급기야 불같이 화를 터뜨렸다.

"저런, 야비한 놈들! 결국 거기까지 손을 뻗쳤단 말이야?"

그가 버럭 화를 내는 바람에 음식을 가져온 여자가 접시를 든 채로 흠칫 놀라 뒷걸음질을 쳤다. 지미는 그녀를 안심시켜 음식 접시를 받아 놓은 다음 화를 가라앉히고 이야기를 계속했다.

"1988년에 미국 내에서 A텔레콤사와 MCI사 간에 인텔리전

트 네트워크 플랫폼 기술 건으로 분쟁이 있었지. 그때 A텔레콤이 특허침해를 이유로 소송을 제기했는데 소송을 당한 MCI 측 특허 자문이 바로 나였네. 참 지루하고도 긴 싸움이었지. 놈들은 일단 소송을 걸기 전에 상대의 힘을 빼놓는 습성이 있어. 그런 수법을 쓴다는 건 뭔가 뒤가 개운치 않은 구석이 있다는 증거지. 당당하게 요구할 수 있는 권리 주장이라면 무엇 때문에 그런 수법을 쓰겠나? 시간과 막대한 비용을 쓰면서 말이지. 나는 그 점에 초점을 맞추고 덤벼들었네. 그 소송을 무려 8년이나 계속한 끝에 결국엔 특허권 무효를 얻어냈지."

지미는 언제 화를 냈었냐는 듯 개선장군 같은 얼굴로 자랑스럽게 웃었다. 지미의 말을 들은 진혁은 눈이 번쩍 뜨이는 것 같았다. 그는 조바심을 내며 그 8년간의 소송 이야기를 들려 달라고 했다. 지미는 해물이 든 딤섬 하나를 젓가락으로 위태롭게 들어 올려 입에 넣고 오물거리며 행복한 표정을 지어 보였다. 식사를 하는 동안 내내 이어진 지미의 이야기는 식사가 끝난 후에도 멈출 줄을 몰랐다. 두 사람은 중국식당 근처의 비교적 한산한 카페로 자리를 옮겼다. 지미의 8년에 걸친 소송 무용담은 흥미진진한 것이어서 진혁은 시간 가는 줄 모르고 듣고 있었다. 거기에다가 재치와 유머가 넘치는 지미의 이야기 솜씨도 흥미를 끄는데 한몫했다.

무용담을 끝내고 지미는 미국의 특허법에 관한 이야기를 했다.

미국의 특허법은 누가 먼저 발명했는가를 중시하는 선발명 주의로, 특허출원을 누가 먼저 했느냐가 우선하는 한국의 선출원 주의와는 전혀 다른 특허제라는 것이다. 그런 면에서 볼 때 소송을 미국으로 끌어내서 진행하겠다는 진혁의 생각에 지미는 전적으로 찬성한다고 했다. 그는 이 소송에 지대한 관심을 보였다. A텔레콤과의 싸움에서 그는 한 번 승소한 전적도 있거니와 아나키스트적인 사고의 소유자인 그로서는 자신이 미국 국민임에도 불구하고 국익을 위해서는 무슨 짓이든 해도 상관없다는 식의 행태에 싸움을 걸고 싶은 욕구가 충천하는 모양이었다.

진혁은 천군만마를 얻은 기분으로 지미에게 물었다.

"한국에 돌아가 회사의 허락을 받아야 하는 절차는 남았지만 이 일을 P&E로펌에 의뢰하겠습니다. 의뢰를 받아주시겠어요?"

지미는 얼굴 가득 환한 미소를 지어 보이는 것으로 대답을 대신했다. 그는 아직 결정이 난 것은 아니었지만 잠정적으로 두 사람 간에 소송 의뢰 계약은 이루어진 셈이니 일의 순서를 잡기 위해서 먼저 준비해 두어야 할 사항을 이야기했다.

"자, 그럼 응용기술의 소유자가 원천기술까지 포함해서 특허를 내고 특허 분쟁에 나서고 있는 이 상황을 어떻게 대응할 것인가를 생각해 봐야지."

진혁이 지미의 말을 받았다.

"A텔레콤의 특허 무효화 소송을 미국 특허법원에 제기해야겠군요."

지미가 머리를 끄덕였다.

"문제는 존슨 교수를 설득하는 데 있네. 그쪽에서 특허권 침해 소송에 동의하고 요청해와야 이 일을 진행할 수 있어. 증빙 자료들도 제공 받아야 하고 증언도 필요하니까. 듣자하니 그 사람 이권에는 관심이 없는 인물인 것 같으니 학자로서의 명예와 정의감에 호소하는 수밖에 없을 듯하네. 자네들에게 CIA 요원의 말을 숨기지 않은 것으로 보아 겁 없고 배포도 있는 인물임이 분명해."

진혁은 자신이 만나본 존슨 교수의 인상을 떠올리며 지미의 추측이 틀리지 않았음을 인정했다.

"네. 그런 분 같았어요. 오히려 우리를 걱정하고 있었으니까요. 그분을 설득하는 일이라면 저와 함께 온 김 박사님께 부탁하면 되겠어요. 만일 김 박사님 선에서 해결이 되지 않으면 제가 다시 건너와 삼고초려라도 할 생각입니다."

지미가 고개를 갸웃거렸다. 삼고초려라는 말의 뜻을 이해하지 못한 그를 보고 진혁이 웃으며 그 유례를 설명했다. 지미는 흥미진진하게 듣고 나서 그 생소한 단어를 반복해서 발음하며 자신의 머릿속에 입력해 두었다.

"헌데, 그런 방법을 존슨 교수가 받아들여 줄까? 미국인들은 동양인들과는 사고방식이 조금 달라서 결과를 예측할 수가 없군. 아무튼 두 사람의 설득력을 믿어봐야지."

지미는 벌써 소송에 이긴 것처럼 안색이 밝아졌다. 진혁도 컬럼비아대학을 나설 때와는 다른 얼굴이 되어 있었다. 희망이 보였기 때문이었다.

진혁은 지미와 헤어져 호텔로 돌아왔다. 김 박사는 여행이 피곤했는지 깊이 잠들어 있었다. 진혁은 비로소 피곤한 몸을 씻고 잠자리에 들었다. 얼마 만에 마음 편히 침대에 들었던가 생각해 보니 도무지 가늠이 되지 않았다. 눈을 감으니 수개월에 걸친 힘겨운 여정이 파노라마처럼 그의 기억 속으로 지나갔다. 그는 특허 소송에 관한 일을 머릿속에서 털어버리고 아내와 아이들의 얼굴을 떠올렸다. 가장이라고 피곤에 절어 잠든 얼굴을 보여주는 것 말고는 하는 것이 없다는 생각을 하니 마음이 아팠다. 계곡에 데려가 주마, 낚시를 가르쳐

주마, 아빠의 요리 솜씨를 보여 주마, 약속은 수두룩히 해 놓고 지키자니 늘 시간이 없거나 죽을 만큼 피곤한 상태였다. 아내는 남편의 따뜻한 품은 고사하고 애들 교육에 살림에 시어머니 생활비까지 쪼개 보내느라 백화점 파트타임 일을 놓지 못하고 있는 실정이었다. 그는 눈을 감고 생각했다.

'여기까지만, 이 소송 이길 때까지만 참아줘. 이제 길이 보이니 곧 끝날 거야. 그런 다음에는 좀 다르게 살아볼게.'

진혁은 눈물이 배어 나온 얼굴을 베개에 묻고 금세 잠이 들었다.

다음 날, 아침 일찍 잠에서 깬 진혁은 벌써 일어나 떠날 준비를 마친 김 박사와 마주 앉았다. 그는 지난밤에 지미와 의논했던 일들을 모두 이야기하고 존슨 교수를 설득하는 일을 맡아 달라고 부탁했다. 김 박사는 희망적인 방법을 모색해온 것에 몹시 기뻐하며 무슨 일이든 돕겠다고 말했다. 두 사람은 호텔을 나와 각자 택시를 불러 타고 헤어졌다. 진혁은 귀국하기 위해 공항으로 향했다.

회사로 돌아온 진혁은 특허부장에게 먼저 상황 보고를 하고 다시 수뇌부에 보고하기 위해 회의를 요청했다. 이사진들과 부장 그리고 지적재산권 담당 과장 등이 회의실로 모였다.

진혁은 준비해 온 소식을 차근차근 보고했다. 보고를 하는 동안 회의실 분위기는 점점 희망으로 고조되더니 보고를 끝내자 박수 소리가 터져 나왔다.

"대단해, 김 과장! 오히려 상대를 공격할 방법을 찾아낼 줄은 꿈에도 몰랐는걸? 그동안 혼자서 고생이 많았군. 앞으로 할 일이 더 늘어나겠지만 결과가 좋을 것 같은 예감이 들어. 그럼 자네는 A텔레콤에 특허침해 소송 철회 요청을 정식 문서로 작성해서 보내고, 미국 P&E로펌에도 이 건을 정식으로 의뢰하도록 하게. 소송에 필요한 비용 결재는 내가 받을 테니 염려 말고."

기술 이사가 진혁에게 다가와 등을 두드려 주었다. 진혁은 벌써 어깨의 짐을 절반은 덜어낸 것 같은 기분이었다. 그는 철회 요청서를 작성해 법원에 제출하고 지미 변호사에게도 전화를 걸어 한국 상황을 전달했다.

그리고 몇 주 후, 미디텔 김 박사에게서 전화가 걸려왔다. 그는 전화를 받자마자 경쾌한 목소리로 희망적인 소식부터 앞세웠다.

"박 과장, 기쁜 소식이네. 존슨 교수를 설득하는 데 성공했네. 뭐 설득하고 말고 할 것도 없었지. 그 양반 A텔레콤에서 돈 보따리를 싸 짊어지고 와서 회유하는 바람에 오히려 반감이 더 커져 있었던 모양이야. 자네도 봐서 알겠지만 백발이 되도록 학자의 양심 한 번 굽히지 않고 꼿꼿하게 교단을 지킨 분 아닌가? 그런 사람에게 돈 보따리가 오히려 독이 된다는 것을 돈밖에 모르는 그자들 머리로는 헤아리지 못했던 거지. 아무튼 존슨 교수는 우리에게 협조하기로 마음을 정했고 P&E로펌에 벌써 소송 제기를 의뢰했네."

진혁은 하늘을 날 것 같은 기분에 휩싸였다.

"수고하셨습니다, 박사님. P&E로펌에서도 모든 절차를 신속히 진행시키겠다고 했습니다. 다만 아직 국내의 특허법원이 이 상황 전개를 어떻게 받아들일지 알 수 없다는 게 문제이기는 합니다. 우리 회사 측 의견을 긍정적으로 받아들였으면 하는 바람입니다."

김 박사는 만사가 긍정적인 방향으로 흐를 거라는 확신에 차 있는 듯했다.

"걱정 말게. 미국인인 존슨 교수조차 우리의 손을 들어주는데 한국 특허법원이 긍정적인 판단을 하지 않을 까닭이 있겠나? 여기서 이기면 한국에서의 일은 자동으로 해결될 거야. 그나저나 다음에 귀국하면 이 일을 무용담으로 삼으면서 유쾌하게 술 한잔 하세. 밤새 마시고 예전처럼 청진동 가서 해장국도 먹고 말이야. 하하."

진혁이 함께 웃으며 수화기를 내려놓는데 부장이 언제 왔는지 그의 등 뒤에서 심각한 표정으로 서 있었다. 진혁은 순간 웃음을 거두면서 물었다.

"부장님, 무슨 일이십니까?"

부장은 주위를 둘러보더니 말없이 진혁의 팔을 잡아끌었다. 그는 사무실 밖으로 나가서도 불안한 기색을 보이며 말하기를 꺼리더니 그를 굳이 옥상까지 데리고 올라갔다. 옥상에 사람이 없는 것을 확인한 부장은 그제야 낮은 목소리로 말했다.

"A텔레콤에서 사람이 와서 만나자고 하기에 나갔었어. 그들이 나더러 자네를 데리고 회사를 나와 그쪽으로 가면 눈이 튀어나올 만큼 파격적인 대우를 해 주겠다더군."

진혁은 버럭 목소리를 높이며 물었다.

"거긴 왜 나갔어요? 놈들이 만나자고 하면 뻔한 거 아니에요? 그래서요? 그래서 뭐라고 하셨어요?"

부장이 갑자기 말끝을 흐리며 대답을 얼버무렸다.

"뭐라 그러긴. 나는 그럴 맘이 없지만 내가 자네는 아니니 자네에게 전해 주기는 하겠다고 그랬지. 거절하면 그만인 것을 스카우트 제의를 하러 온 사람에게 화를 낼 것까지는 없잖아?"

진혁이 발끈했다.

"스카우트는 무슨 스카우트입니까? 상황이 불리해지니까 이리저리 쑤시고 다니며 돈을 앞세워 회유하려는 거지요. 존슨 교수에게도 거액의 돈을 주겠다고 제의했더랍니다. 그런 야비한 작자들을 정중히 대해 주고 오셨단 말입니까?"

부장은 진혁의 서슬에 잔뜩 기가 꺾인 목소리로 변명했다.

"목소리 좀 낮추게. 누가 들으면 괜한 오해를 살지도 모르니. 아니, 지금 일이 이렇게 흘러가고 있는 마당에 내가 자네더러 그리 가자고 하기라도 했나? 놈들이 와서 그렇게 말하더라는 걸 알려 주려는 것뿐이지."

진혁은 더욱 목소리를 높였다.

"놈들에게 어림없는 수작 말라고 전해 주세요."

말을 마친 진혁이 몸을 돌려 옥상을 내려갔다. 부장은 억울하다는 표정으로 진혁의 뒤를 따랐다.

진혁은 부장을 불러 회유책을 쓰는 걸로 보아 상대도 어지간히 조급증이 나는 모양이라고 생각하니 은근히 어깨에 힘이 들어갔다.

진혁은 지미 변호사와 수시로 연락을 취하며 필요한 서류들을 정리해 보내주기도 하고 특허법원에 제출할 의견서를 작성하기도 하면서 분주한 나날들을 보냈다.

검은 손의 음모

최종심을 20여 일을 앞둔 날이었다. 진혁이 자리에서 지미 변호사와 통화를 하고 있는데 사무실 밖의 복도가 갑자기 소란스러웠다. 진혁이 통화를 끝내고 무슨 일인지 알아보려고 자리에서 일어나려는데 지적재산권 담당부 허 과장이 사무실 문을 박차고 뛰어들었다. 진혁은 평소 차분하고 좀처럼 흥분할 줄 모르는 사람이 얼굴을 붉히고 있는 것을 보며 놀라서 물었다.

"왜 그래요, 허 과장? 무슨 일 났어요?"

허 과장은 좀처럼 분기를 가라앉히지 못하고 씨근덕거리며 말했다.

"회사에서 특허부장님에게 일신상의 이유로 명예퇴직을 권고했네. 게다가 자네는 헬싱키로 발령이 났어. 그것도 2년간이나. MBA 세계화 과정 교육 발령이라나 뭐라나. 지금 같은 때에 이런 발령이 말이나 되냐구. 이건 전장으로 따지면 한창 공격 태세로 독이 올라있는 선봉장을 빼내 후방으로 보내는 식이 아니냔 말이야."

진혁은 순간 눈앞이 깜깜해지는 것 같았다. 어떻게 이런 일이 일어날 수 있단 말인가?

그는 당장 특허부장실로 달려갔다. 그러나 부장은 말을 붙여 볼 수도 없을 정도로 얼굴이 창백해져서 입도 열지 못하고 있었다. 말은커녕 병원으로 실려 가야 할 지경으로 충격을 받은 모습이었다.

진혁은 다시 인사기획부장실로 달려갔다. 문을 박차고 들어가자 인사기획부장은 이렇게 곧 뛰어들 줄 알았다는 듯이 동요 없는 얼굴로 그를 맞았다. 진혁은 숨이 턱에 찬 목소리로 물었다.

"부장님, 이게 어찌 된 일입니까?"

부장이 별일 아니라는 듯 대답했다.

"아, 그야 자네가 너무 과로하는 것 같으니까 회사에서는 좀 쉬었다 돌아오라는 뜻에서 특별히 배려를 한 것이지."

진혁이 벌겋게 달아오른 얼굴을 인사기획부장의 코앞에 들이밀었다.

"특별 배려라구요? 이거 왜 이러십니까? 지금 회사 입장이 이런 배려 같은 걸 할 때입니까? 그것도 내일 당장 가라니, 이런 발령이 대체 어디 있답니까? 지금 중차대한 일을 앞두고 있는 거 뻔히 알면서 특허부장님을 명퇴시키고 나는 헬싱키로 쫓아 보내는 데에는 분명히 그 내막이 있을 텐데, 설명쫌은 해줘야 하는 거 아닙니까?"

인사기획부장은 분개하는 진혁 앞에 시종일관 침착한 목소리로 대꾸했다.

"내막 같은 건 난 몰라. 위에서 그렇게 지시가 내려왔으니 통보할밖에. 나도 도무지 이해할 수 없는 일이지만 분명한 건 따르지 않으면 자네도 끝이라는 거야. 여보게. 우리는 그저 사용 당하는 입장일 뿐이잖나? 가라고 하면 그냥 가게. 그래도 회사에서는 자네가 버리기엔 아까운 인재라는 것을 알고 있는 거야. 그러니 특허부장처럼 명퇴시키지 않고 월급 줘가며 교육 발령을 내는 거 아니겠나?"

진혁은 인사부장의 구구한 설명이 귀에 들어오지 않았다. 그는 너무 화가 나서 체면 차릴 새도 없이 눈물이 솟구치고 있었다. 어째서 이런 일이 일어난 것일까? 이제 서류만 제출하면 뒤집을 수도 있는 소송을 앞에 두고 무엇이 회사로 하여금 자신의 수족까지 잘라내도록 만든 것일까? 진혁은 발밑이 꺼지는 것 같은 어지럼증을 느끼며 허청허청한 걸음으로 자리로 돌아와 무너져 내리듯 의자에 앉았다.

한동안 마음을 다잡지 못하고 멍하니 앉아있던 그는 문득 두 달 전에 써두었던 사표를 떠올렸다. 서랍을 열자 사표는 넣어둔 자리에 그대로 있었다. 그는 그것을 꺼내어 책상 위에 올려놓고 바라보았다. 그의 눈앞에 아내와 아이들의 얼굴이 보였다. 파트타임 일에 살림한다고 지쳐 있는 아내의 얼굴과 이제나저제나 아빠의 정을 한번 느껴 보겠다고 시간 나기를 기다리는 아들 녀석에, 사춘기에 접어들어 새침한 딸의 얼굴까지 떠올려 보고 나니 어찌 처신해야 할지 더욱 난감하기만 했다. 이제 좀 잘 해보려고 했는데. 떠올리는 것만으로도 항상 측은한 마음이 드는 가족들에게 머잖아 따뜻한 가장 노릇 한번 해보려고 마음먹었는데, 어째서 세상일은 그에게 이토록 어긋나게만 만드는지 알 수 없는 노릇이었다. 그는 복받치는 울음을 억제할 수 없어 한동안 소용돌이치는 감정에 자신을 내맡기고 있었다. 사무실 내에서 일하고 있던 직원들은 아무도 그에게 다가와서 위로할 엄두를 내지 못했다.

얼마나 시간이 지났을까? 절망의 소용돌이가 가라앉고 정신을 차리고 보니 언제 갖다 놨는지 책상 한편에 핀란드 헬싱키로 가는 비행기 티켓이 놓여 있었다.

어차피 회사에서 이렇게 결정하고 발령을 냈다면 그가 아무리 발버둥을 쳐봐도 소용없는 일이었다. 이미 난 발령을 철회할 회사가 아님을 알고 있는 진혁은 눈물로 얼룩진 사표를 들어 찢은 다음 쓰레기통에 던져 넣었다. 그는 오기가 발동했다. 이렇게 회사와의 인연을 끝낼 수는 없다는 생각이 든 것이다. 그는 살아남기로 결정했다. 살아남아서 이 일의 내막을 반드시 알아볼 것이며, 일을 이렇게까지 몰고 간 A텔레콤에 한 방 먹일 때까지 절대 오늘의 일을 잊지 않기로 결심했다. 진혁은 한시라도 빨리 집으로 가야 했다. 아내와 아이들의 얼굴을 볼 시간이 그리 많지 않으니 서둘러야 했다. 짐이야 아무렇게나 싸면 될 일이지만 갑자기 떠나버리게 된 경위를 아내에게 충분히 설명하고 이해를 구하고 싶었다. 그는 자리를 정리하고 티켓을 챙긴 다음 회사를 떠났다.

진혁의 아내 한정임은 남편의 이야기를 듣더니 말없이 커다란 가방 두 개를 꺼내 놓고 짐을 싸기 시작했다. 진혁은 아내의 반응에 어찌할 바를 모르고 변명의 말을 덧붙이고 또 덧붙여가며 이해시키려고 애썼다. 짐을 싸며 끝없이 이어지는 남편의 말을 듣던 한정임이 결국 짐 싸던 손길을 멈추고 남편을 바라보았다.

"난 괜찮아요. 애들 걱정도 마세요. 내가 있으니까. 걱정할 사람은 당신이에요. 그렇게 열의를 다 바친 회사로부터 이런 처분을 받은 당신이 받았을 충격이 더 염려돼요. 하지만 좁은 소견을 가진 내 입장에선 오히려 잘 됐다는 생각이 드네요. 지난 5년간 당신은 사는 게 사는 게 아니었어요. 일 벌레라는 말, 딱 당신을 두고 만든 말 같아요. 사십 대에 과로로 쓰러진 사람들 이야기가 텔레비전에서 나오면 난 가슴이 철렁했어요. 내가 그런 꼴을 안 봐도 되도록 하느라고 이런 발령이 난 거예요. 당신을 해고하지 않고 교육 발령을 낸 건 회사가 그만큼 당신을 아끼기 때문이라고 나는 생각하기로 했어요. 어쨌든 당신 없는 동안 우리를 굶기진 않겠죠. 그러니 이참에 가서 쉬면서 공부나 해요. 소송이니 뭐니, 난 그딴 거 몰라요. 무식하다고 해도 할 수 없지만 당신이 쉬게 되었다는 것이 좋을 뿐이에요."

진혁은 아내의 말에 더 이상 할 말을 잊고 입을 다물어 버렸다. 그는 잠든 애들 방을 둘러보는 척하며 아내 몰래 흐르는 눈물을 훔쳐내고 있었다.

다음 날 아침, 진혁은 헬싱키로 가는 비행기에 올랐다. 비행기에 올라 자리를 잡고 앉자마자 그는 눈꺼풀이 몹시 무거워졌다. 지난밤에 잠을 자는 둥 마는 둥 하며 애들 방을 들락거리고, 밤을 새며 이것저것 챙겨서 짐 속에 넣느라 분주한 아내를 만류하다가 어느덧 아침이 되어 떠나왔기 때문이었다. 진혁은 자포자기 상태로 지쳐 쓰러져 깊은 잠으로 빠져들었다.

얼마 후, 잠에서 깨났을 때 비행기는 어느덧 몽골고원 위를 날고 있었다. 막 잠에서 깨어난 그는 비현실적인 공간에 혼자서 둥둥 떠 있는 것 같은 고독감을 느꼈다. 사실 이보다 더 비현실적일 수는 없다고 그는 생각했다. 불과 이틀 전까지만 해도 희망에 부풀어서 소송에 관련된 일을 준비하고 있었는데 오늘은 천리만리 떨어진 하늘 위를 날아서 낯선 땅을 향해 가고 있는 것이다. 아이들과 아내와 밥 한 끼 제대로 나눠 먹지도 못하고 마치 용서받을 수 없는 죄라도 지은 사람처럼 쫓겨 가고 있는 자신이 어이없고, 한심스럽게 여겨졌다.

그는 좌석에 부착된 접이식 테이블을 펼치고 기내용 가방에서 종이와 펜을 꺼내 편지를 쓰기 시작했다. 헬싱키에 도착하면 제일 먼저 아내에게 부칠 편지였다. 가슴속에 담긴 말을 단 한마디도 건네지 못하고 떠나온 것이 마음에 돌덩이가 되어 남아있었기 때문이었다. 그는 서두를 어떻게 뗄까 잠시 고민하다가 조금은 낯간지럽지만 평소에 아껴두기만 했던 말로 시작했다.

사랑하는 당신에게.

암스테르담을 거쳐 핀란드로 향하는 새벽 비행기에 오른 지 4시간이 지났소 지금은 몽골고원 위를 날고 있는 중이오

발아래 떠 있는 크고 작은 구름 떼들이 마치 가족처럼 여겨지는 것은 내 가슴속에 두고 온 가족 생각이 간절해서 그런가 보오.

구름 아래로 언뜻언뜻 몽골의 끝없는 초지가 내려다보이고 칭기즈칸과 그의 후예들이 살았던 광야가 세월의 무상함을 느끼게 해주고 있소. 800년 전 세계의 길을 찾아 떠났던 그들의 땅을 내려다보니 그들의 혼령들이 내게 소리치는 것 같은 착각까지 들었소. '세계의 길은 열려 있다. 어디서 무엇을 하든 그 길을 찾는 것은 각자의 몫이다'라고 외치는 것 같았소.

나는 지금 실의에 빠진 채 당신이 있는 땅을 떠나왔지만 겨울 산을 등반하는 심정으로 내게 주어진 시간을 채워볼까 하오. 등산을 하기 전에는 항상 준비가 필요하지. 특히 겨울 산을 오를 때는 더욱 그렇소. 빙판을 오르기 위한 장비와 보온을 위한 복장이 갖추어져야 하오. 그러나 준비하는 것보다 더 중요한 것은 출발하는 것이라고 생각하오.

나는 항상 출발하기를 두려워하지 않았다고 생각하고 있소. 겨울 산행엔 인생이 그런 것처럼 위험이 도사리고 있고, 헤쳐야 할 고난을 더 많이 만나게 된다오. 내 인생에는 항상 겨울 산행이 준비되어 있는 것 같다는 생각이 드는 중이오.

왜 이런 엉뚱한 이야기를 하고 있느냐고 당신이 물을 것 같아서 굳이 부연 설명을 하자면 인생이 산을 오를 때와 같다는 생각을 늘 하기 때문이오. 한 걸음 한 걸음 오르는 것이 인생의 축소판처럼 여겨져서 말이오. 내게는 특히나 평탄한 길이 주어지지 않으니 더욱 그런 생각이 드는 거요. 이제 저 고개만 넘으면 쉬운 내리막이 나오겠지 하고 생각할 즈음 더 높은 봉우리가 우뚝 서 있는 게 보이니 하는 말이요.

물론 길을 선택하는 것은 언제나 나 자신이요. 이 길이 쉬워 보여서 선택하고 나면 모퉁이 너머에 건너야 할 강과 넘어야 할 봉우리가 도사리고 있지요. 늘 이런 선택을 하고야 마는 나를 당신이 용서해 주길 바라는 마음 간절하오.

지난번 뉴욕에 갔을 때 나는 다짐했었소. 이번 소송만 잘 마무리되면 당신과 애들을 위해 많은 시간을 할애하며 살겠다고. 그러나 그 너머에 이런 장애물이 놓여 있을 줄은 꿈에도 몰랐소. 나의 선택이 불러온 장애를 당신에게까지 넘게 만들어서 미안하고 또 미안할 따름이오.

어젯밤 당신이 내게 해 준 말들이 가슴속에 따뜻한 불씨처럼 남아 있소. 당신 입장에서도 이번 일이 충격이었을 것이고, 또 어이없이 닥친 생활의 변화라는 걸 잘 알고 있소. 그럼에도 당신은 오히려 나를 위로하느라 푸념 한마디 하지 않았다는 것도 알지요. 이해해줘서 고맙고 또 고맙게 생각하오.

아무쪼록 건강하길 빌겠소. 면목 없는 부탁이지만 애들 잘 부탁하오.

당신의 혁.

편지를 접어 봉투에 넣고 진혁은 눈을 감았다. 그의 머릿속에는 아직 풀리지 않은 의문들이 가득했고, 자신의 연줄로 이 일에 끌어넣은 사람들에 대한 염려로 마음이 어수선했다. 그는 헬싱키에서 자리가 안정되는 대로 사태 파악에 나설 것이며 김 박사와 지미 변호사 등에게도 상황을 알려야겠다고 생각했다. 그러면서도 위에서 내린 처분에 반발 한 번 해보지 않고 떠나 온 것이 과연 잘한 일인지 도무지 가늠이 되지 않는 중이었다. 더 강력하게 대응하며 소송을 기어이 마무리했어야 하는 건 아니었을까 하는 후회의 마음도 들었다.

그러나 비행기는 벌써 몽고를 지나 러시아의 창공쯤 날고 있을 것이었다. 그는 한국을 떠나는 비행기에 오른 이상 이젠 특허 소송에 대한 미련을 접어야 한다는 것을 알고 있었다. 사실 이런 일로 쫓겨 가는 것만 아니라면 MBA 교육 과정은 자청해도 가기 어려운 좋은 기회에 해당하는 것이었다. 그러나 소송으로부터 떼어버리기 위해 보내진 길을 가는 것이다 보니 그는 이번 교육 과정에 기대되는 것이 아무것도 없었다.

진혁은 눈을 감은 채 벌떼처럼 머릿속으로 날아다니는 생각들을 날려버리기 위해 다시 잠을 청했다.

헬싱키의 반타 공항에 내리니 오후 2시가 조금 지나 있었다. 짐 가방을 찾아 출구로 나서니 젊은 한국인 한 사람이 다가와 물었다.

"혹시 K텔레콤에서 오신 분이신가요?"

진혁이 대답하자 그가 꾸벅 인사를 했다.

"저는 ETRI에서 연수 온 장순걸입니다. 제 룸메이트가 오신다기에 마중 나왔습니다. 아무래도 헬싱키는 낯설 테니까요. 사실 시내에 나와 볼 일도 있고 해서요."

진혁이 반갑게 손을 내밀었다.

"고맙습니다. 박진혁입니다. 안 그래도 연수원까지 어떻게 찾아가나 막막하던 참이었습니다."

장순걸이 악수를 하며 쑥스러운 듯 웃었다. 그는 진혁의 가방 하나를 받아 끌고 앞장섰다.

"앞으로 같은 방을 쓰며 매일 함께 생활해야 할 텐데 말씀을 편히 하세요. 아무래도 제가 나이가 적은 것 같으니까요."

진혁은 대답 대신 젊은 친구의 얼굴을 마주 보며 웃어 보였다. 그는 인상이 좋아 보이고 성격까지 싹싹한 이 룸메이트가 마음에 들었다. 가방을 끌고 성큼성큼 앞서가는 그를 따라가며 진혁은 교육 연수원에서의 생활이 벌써 눈앞에 그려지는 것 같았다. 그는 어느새 새로운 삶 속으로 발을 들여놓은 자신을 발견하고 잠시 씁쓸한 기분에 젖어 들었다.

연수원은 호수가 내려다보이는 언덕에 자리 잡고 있었다. 헬싱키는 어디든 풍광이 좋은 도시라는 것은 알고 있었지만 눈 닿는 곳마다 가슴까지 시원하게 만드는 그림이 펼쳐져 있었다.

장순걸은 진혁을 먼저 숙소로 안내했다. 두 사람이 함께 쓰도록 되어 있는 방은 아담하고 소박하게 꾸며져 있었다. 진혁은 자신의 자리를 안내 받아 꾸려온 짐들을 내려놓았다. 장순걸은 진혁에게 연수원 내의 편의 시설들과 위치를 간략하게 설명하고 앞으로 2년 동안 잘 지내보자는 인사까지 빼먹지 않고 챙겼다. 진혁은 다음 날부터 일정을 시작하게 되어 남은 시간은 방에 남아 여장을 풀고 쉬기로 했다. 장순걸은 일정이 한 시간 남아있다고 말하고 방을 나가려다 생각난 듯이 말했다.

"아, 박 과장님과 저 말고 한국에서 온 사람이 둘 더 있어요. 공식적인 소개와 일정 안내는 내일 받게 되겠지만 오늘 저녁에는 우리끼리 먼저 서로 인사도 나눌 겸 우리 방에서 간단한 환영 파티를 하는 건 어때요?"

진혁이 한결 밝아진 목소리로 대답했다.

"파티라… 좋지."

장순걸이 휘파람을 불며 방을 나갔다. 진혁은 짐을 풀기 위해 가방들을 열었다. 아내가 밤새 잠도 안 자고 싸준 짐들을 꺼내 놓으면서 그는 새삼 배려 깊은 아내의 마음을 들여다보았다. 그로서는 생각지도 못했던 것들이 짐 속에 들어 있었던 것이다. 면도기, 속옷, 양말, 계절별 옷 두어 벌씩은 당연한 것이었지만 추운 나라에 간다는 것을 생각해서 털모자에 내의, 장갑, 모직 머플러까지 챙겨 넣고, 상비약과 핫팩 그리고 냄새가 나거나 터지지 않도록 꼭꼭 밀봉해서 넣은 고추장과 마른 밑반찬들이 들어 있었다. 그는 짐들을 정리하면서 혼잣말로 중얼거렸다.

"사람도 참, 이런 건 또 언제 넣었지? 하루 이틀 지낼 것도 아닌데, 음식물은 챙기지 않아도 될 것을…"

짐 정리를 끝내고 옷을 갈아입고 나니 진혁은 새 생활을 시작할 준비가 다 된 듯 마음도 다소 가벼워져 있었다. 그는 호수가 내려다보이는 창가로 다가가서 처음으로 한가롭게 헬싱키의 넉넉한 풍경을 눈에 담았다. 호수 저편으로 자그마한 섬들이 떠 있고, 섬 안에 중세의 성을 연상케 하는 건축물들이 숲에 둘러싸여 있는 게 보였다. 그가 창가에 서서 바깥 풍경을 내다보며 이국의 풍광에 감탄하고 있는 사이 벌써 수업이 끝났는지 장순걸이 방문을 열고 들어섰다. 장순걸 뒤로 남자 둘이 따라 들어왔다. 장순걸은 차례로 남자들을 소개했다.

"이쪽이 S전자에서 오신 강민우 과장님, 그리고 이쪽 분이 포스코 서진민 과장님이세요."

진혁은 두 사람과 악수를 나누고 자신을 소개했다. 네 사람이 들어차니 실내가 좁게 느껴졌지만 그런대로 테이블을 사이에 두고 급조해온 의자들을 놓아 네 사람이 둘러앉을 수 있었다. 교육 과정에서부터 핀란드 생활에 적응해 가는 과정에 대해 서로 한마디씩 나누다 보니 처음의 서먹한 분위기가 조금씩 풀리기 시작했다. 장순걸이 아껴 두었던 팩소주를 꺼내 놓으니 강민우와 서진민의 눈이 갑자기 휘둥그레졌다.

"이건 또 언제 구해다 숨겨 둔 거야? 아무튼 장순걸 이 친구는 술 비축하는 정신 하나는 알아줘야 한다니까. 그나저나 명색이 환영 파티인데 술만 있고 안주가 없네?"

강민우의 말에 진혁이 방에 놓인 작은 냉장고를 열어 보였다. 그의 아내가 싸준 한국 밑반찬들이 모습을 드러내자 모두 환호성을 질렀다. 장순걸은 보물창고라도 들여다보는 듯한 표정으로 하나하나의 내용을 확인하며 기뻐서 어쩔 줄 몰랐다.

"내가 룸메이트 하나는 똑똑하게 골랐네. 이런 보물들을 가져오시다니 우리 이거, 저 사람들이 가거든 몰래 먹어요."

장순걸의 말이 떨어지기가 무섭게 모두의 원성이 쏟아졌다. 진혁이 안주가 될 만한 것들을 모두 골라 내놓자 장순걸은 아까 한 말이 진심이었던 듯 그중 마른 멸치 볶음과 매실 장아찌만을 덜어서 내놓고 모두 도로 넣어 두었다. 그는 할 수 없다는 듯 자신의 개인 장을 열고 캔 굴과 깡통 스낵을 꺼냈다. 강민우와 서진민은 더 이상 바랄 게 없다는 표정으로 개인 물컵으로 대신한 술잔에 팩 소주를 따랐다. 네 사람은 건배하고 먼 이국땅에서 동료로 지낼 새로운 식구에 대한 환영의 말을 한마디씩 내놓았다.

환영 파티가 무르익자 장순걸이 핀란드의 가장 큰 축제일인 크리스마스에 대한 이야기를 꺼냈다. 진혁을 제외한 세 사람도 헬싱키에 온 지 2~3개월밖에 되지 않아 아직 핀란드의 크리스마스를 지내본 적이 없다고 했다. 그러나 벌써 헬싱키 거리는 크리스마스트리 시장이 열리고 대 명절을 준비하는 분위기가 무르익어 있어 핀란드식 크리스마스 축제에 관심들이 있었다. 핀란드의 시골 가정에서는 벌써부터 밤마다 촛불만을 켜고 온 가족이 둘러앉아 흰 눈에 반사되는 빛만으로 이야기를 나누며 고요히 크리스마스를 기다린다고 했다.

장순걸의 이야기를 묵묵히 듣고 있던 강민우가 처음으로 입을 열어 의견을 내놓았다.

"크리스마스엔 여기 교육생들 중에도 명절을 지내러 집으로 돌아가는 사람들이 많을 거예요. 수업도 없을 텐데 우리도 핀란드식 사우나를 한번 해보면서 크리스마스를 보내는 건 어때요?"

강민우의 말을 받아 서진민이 찬성했다.

"그거 괜찮은 생각이네. 나도 그거 한번 해보고 싶었는데. 여기 현지인에게 물어서 적당한 장소를 예약해 두면 가능할 거예요."

강민우의 말에 모두가 막내인 장순걸에게로 시선을 몰았다. 장순걸은 검지로 자신의 코끝을 가리키며 '내가?' 하는 무언의 표정을 지었다. 모두들 말없이 머리를 끄덕였다. 장순걸은 질렸다는 얼굴로 하는 수 없이 준비위원 임무를 수락했다.

진혁은 어느 결에 한국에서의 일을 까맣게 잊어버리고 파티 분위기에 젖어 있는 자신을 돌아보며 잠시 어두운 표정을 지었다. 이를 놓치지 않고 장순걸이 물었다.

"그런데 박 과장님은 처음 만났을 때부터 표정이 어두우신 게 무슨 걱정거리가 있으신 거 같아요. 여기 강 과장님이나 서 과장님은 모두 여기 오시게 된 것이 신나는 표정이셨는데 박 과장님은 달라요. 목숨 걸고 지켜야 할 기밀이 아니라면 어서 털어놔요. 우리는 베일에 가린 신비주의자는 사절이에요."

진혁은 조금 망설이는 기색이더니 이내 입을 열었다. 그는 미국 A텔레콤사와의 소송 경위와 그를 진행하던 중 어이없이 쫓겨 오게 된 사연을 털어놓았다. 세 사람은 진지하게 진혁의 이야기를 들어 보더니 저마다 나름대로 알고 있는 기업 특허 소송에 관한 이야기들을 들려주었다. 서진민은 5년 전에 있었던 S그룹의 특허 분쟁에 관한 이야기를 하면서 분쟁에서 진 후유증으로 지금도 고전을 면치 못하고 있다고 했다. 그는 잠시 눈을 굴리며 기억을 더듬더니 고개를 끄덕이며 말했다.

"그러고 보니 그때의 소송 경위도 지금 K텔레콤이 겪고 있는 상황과 많이 비슷하네."

서진민의 말을 받아 강민우가 나섰다.

"그들이 수단과 방법을 가리지 않고 아시아의 나라들 기업을 공략하는 건 아무래도 중국을 겨냥한 것이 아닐까? 중국의 경제성장을 견제하기 위해 주변국부터 조이기 시작하는 것이지."

장순걸이 벌써 눈이 풀린 얼굴로 한마디 거들었다.

"중국과 그 주변국들이 바야흐로 미국을 위협하는 존재가 된 탓이지요."

진혁은 세계 경제 패권 싸움에 희생양이 된 자신을 생각하며 아무것도 할 수 없이 손발이 묶인 자신의 답답함을 호소했다.

"그런데 나는 상대를 공격할 방법을 찾아내고도 아무것도 할 수 없이 쫓겨 나와 공부나 하게 되었으니 그 울분을 주체할 수가 없네."

세 사람은 저마다 위로의 말을 건넸다. 나름대로 인맥들을 동원해 알아볼 수 있는 정보를 수집해 진혁의 궁금증과 고민을 푸는 데 도움을 아끼지 않겠다는 약속도 했다. 진혁은 가슴에 낀 답답증이 조금은 해소된 것 같았다. 서로 이해관계가 얽히지 않는 존재들이면서 공통의 관심사를 가지고 의견을 나누고 협력할 수 있다는 것이 이렇게 든든한 일인 줄 진혁은 처음 깨달았다. 모두가 기분 좋을 만큼씩 취해서 파티를 마쳤다. 내일 있을 교육에 지장이 없을 만큼만 마신다는 게 이들의 규칙이었다.

다음 날부터 진혁은 MBA 세계화 과정 교육에 들어갔다. 그는 한국에서 온 동료 세 사람 외에도 일본인, 중국인 할 것 없이 세계 각 기업에서 온 교육생들과 인사를 나누고 교수진들과도 얼굴을 익히기에 바빴다.

일주일이 지나자 그의 생활은 안정되었다. 그는 멕시코의 김 박사에게 전화를 걸어 보았지만 그쪽에서도 아직 일이 어떻게 돌아가고 있는지 알아낸 것이 없다고 했다. 지미 변호사는 아무래도 A텔레콤과 미국 정부의 압력이 강력해서 K텔레콤으로서도 불가항력 상태에 돌입했고, 이 특허 소송을 소강상태로 내버려 둔 채 A텔레콤 측에 시간을 주고 있는 것이 아닐까 하는 추측만 할 뿐이었다. 선봉에서 일을 추진하던 자신을 유배 보내 놓고 K텔레콤과 A텔레콤 간에 어떤 합의가 이루어지고 있는 것인지 진혁으로서는 알 길이 없었다. 그는 아내의 바람 대로 마음으로부터 일에 대한 생각을 밀어내고 주어진 시간에 충실하자고 생각했다.

핀란드에 온 지 일주일이 지났을 때, 진혁은 다시 아내에게 소식을 보내기 위해 편지를 썼다.

사랑하는 당신에게.

아침부터 겨울 나라에 눈이 내리고 있소. 아득히 먼 하늘로부터 춤추듯 나풀거리며 날아와 땅 위에 도달하는 눈은 생명이 있는 것의 율동 같이 보이기도 하오. 눈은 시간이 감에 따라 이곳의 나무를 덮고, 숲을 덮고, 인간이 만든 모든 창조물을 덮어 순백의 분장을 하고 있소. 그렇게 흰 분장으로 덧씌우기를 거듭하더니 오후가 되자 내 눈으로는 세상을 분간할 수 없이 만들어 놓았소. 여기가 어디일까. 온통 하얗기만 한 숲속에 서서 나는 한참이나 모든 게 지워져 버린 세상의 방향을 가늠해 보아야 했다오.

야반도주하듯 한국을 떠나 핀란드에 온 지도 벌써 일주일이 지났소. 생전 처음 와 본 핀란드는 국토의 10%가 호수에다 70%가 숲으로 이루어져서 그런지 고요하고 아름답기 그지없는 나라요. 페노스칸디아 순상지의 일부를 차지하는 핀란드는 오랜 동안 기반암이 깎이어 대체로 평평한 지형을 이루고 있소. 나라의 크기는 우리나라의 3배에 달하지만 인구는 적어서 수도인 헬싱키 어디를 가도 서울처럼 북적거리는 모습을 찾아보기 어렵다오. 내가 지내는 남부 헬싱키는 겨울 평균 기온이 영하 7도 정도요.

핀란드는 부유하고 국민 행복도가 매우 높은 나라이며 또한 사우나가 발달해 있어 장수하는 나라로도 알려져 있소. 여기의 사우나는 거창한 시설을 갖춘 우리나라 사우나와는 차이가 있소. 이웃이나 가족 단위로 사용할 수 있도록 소규모의 소박하고 단순한 목조 사우나를 지어 놓고 함께 사용한다오. 뢰울루라고 하는 화덕에 물을 끼얹어 뜨거운 증기를 발생시키는 방식이오. 여기 사람들은 사우나로 몸이 뜨거워지면 얼음을 깬 호수로 뛰어들어 식힌 후에 다시 뜨거운 사우나를 즐긴다오. 그래서 그런지 성격들도 화통하고 술도 우리나라 사람들만큼 즐긴다오. 크리스마스엔 여기서 만난 한국인 동료들과 우리도 핀란드식 사우나를 한 번 경험해 보기로 했소. 당신과 아이들만 남겨두고 와서 이런 계획을 하고 있는 내가 미안한 마음이 드는구려. 언젠가는 당신과 함께 평안한 마음으로 핀란드 여행을 해야겠다는 생각을 하고 있소.

북쪽 지방으로 가면 73일간 백야와 오로라를 볼 수 있어 해마다 전 세계에서 이것을 보기 위해 몰려드는 관광객이 줄을 선다고 하오. 자연 그 자체가 막대한 자원이 되는 축복 받은 나라요. 또 하나 부러운 것은 세계 최고의 교육제도요. 초등학교 학급 반 학생 비율이 교사 1명당 학생 7명이라고 해요. 교육비에 투자하는 예산이 높으니 아이들이 양질의 교육을 받고 자라는 것은 당연하겠지요. 내가 헬싱키로 MBA 과정을 오게 된 것도 다 이 나라에 전 세계적으로 인정 받는 교육 프로그램과 좋은 교수진이 있어서이겠지요. 여기 와서 보니 우리 아이들이 많이 생각나오. 많은 것을 보고 경험할 수 있도록 열심히 뒷받침해 줘야겠다는 생각도 했소. 나는 여기서의 생활 점점 좋아지고 있소. 자유롭고 부족한 것이 없으니 내 염려는 하지 마시오. 애들과 당신이 늘 건강하길 빌고 있소.

당신의 혁.

진혁은 다음 날 헬싱키 근교 구경을 나가는 길에 편지를 부쳤다. 며칠 후에는 크리스마스를 맞아 저마다 계획된 휴가를 보내기 위해 교육원을 떠나고, 썰렁해진 교육원에는 몇 사람밖에 남지 않았다. 집으로 갈 수 없는 사람들은 여행을 떠나거나 핀란드인 집에 초대되어 가거나 그도 아니면 교육원 내에서 조촐한 파티를 준비했다. 진혁과 한국인 교육생 세 명은 장순걸이 빌려 놓은 사우나로 크리스마스를 보내러 갔다.

네 사람은 헬싱키 시내에 있는 마켓에 가서 소시지와 맥주 등을 사서 핀란드 대중교통 수단인 트롬을 타고 교외로 빠져

나갔다. 크로스컨트리스키장 숲 근처의 작은 오두막에 도착하자 모두들 기분이 아이들처럼 들떴다. 장순걸은 핀란드인 친구와 함께 사우나를 경험해 본 적이 있어 세 사람에게 각자 할 일을 정해 주고, 직접 지휘 감독에 나섰다. 강민우와 서진민 두 사람은 소시지 구울 준비를 하고, 얼어붙은 호수에 구멍을 내며 장난을 쳤다. 두 사람은 서로 얼음 파편을 상대의 얼굴에 뿌리며 아이들처럼 웃고 떠들고 있었다, 진혁과 장순걸은 사우나 화덕 뢰울루에 불을 지폈다. 화덕이 뜨거워지고 증기를 내뿜기 시작하자 모두 옷을 벗고 타월 하나씩을 허리에 두른 다음 자작나무 향이 짙게 밴 사우나 안으로 들어가 앉았다. 장순걸은 긴 손잡이가 달린 나무 바가지로 물을 떠서 뢰울루에 끼얹어 가며 사우나 안의 온도를 높였다. 뢰울루에서 발생한 증기는 목조 사우나의 바닥에 난 구멍으로 솟구쳐 들어와서 안을 채우고 가장 뜨거운 열기는 위로 올라가 반대편 천정에 난 작은 구멍으로 빠져나갔다. 찜통 같은 원리였지만 인간의 피부가 견딜 수 있을 만큼의 온도까지만 올리도록 만들어진 것이 바로 단순한 핀란드식 사우나인 것이다. 잠시 후 네 사람의 얼굴이 벌겋게 달아오르기 시작했다. 몸은 땀으로 번질거리고, 호흡도 가빠졌다. 그러나 누구 하나 달려나가 얼음 구멍으로 뛰어들 용기를 내지 못했다. 서로 눈치만 보며 과연 '그걸 할 수 있을까?' 하는 표정으로 앉아 있었다. 그러자 장순걸이 자리에서 일어섰다. 모두의 눈길이 그에게 쏠렸다. '우우우우' 행동 개시를 부추기는 합창이 시작되었다. 장순걸은 기세 좋게 사우나 문을 박차고 뛰어나갔다. 강민우가 부러움이 담긴 목소리로 말했다.

"역시 젊음이 좋긴 좋아. 나도 저 나이엔 겨울에도 냉수욕을 할 수 있었는데."

강민우의 말을 들으면서 진혁과 서진민은 장순걸이 호수에 뛰어드는 소리를 들으려고 다른 한편으로 귀를 세웠다. 그런데 충분한 시간이 흘렀음에도 불구하고 밖은 조용하기만 했다. 잠시 후, 오두막에서 말린 나뭇가지들을 한 아름 안고 장순걸이 다시 사우나로 들어왔다. 그의 몸은 물기 하나 없었고, 새파랗게 질려 있어야 할 얼굴은 아직도 벌겋게 달은 그대로였다. 그는 호수에 뛰어들지 않은 것이 분명했다. 그런 그를 보고 서진민이 야유했다.

"난 또, 호수에 뛰어드는 줄 알았네. 풍덩 소리를 고대하며 우리가 얼마나 귀를 쫑긋 세우고 있었는지 알아?"

그러자 장순걸이 천연덕스럽게 말했다.

"누가 호수에 뛰어든댔어요? 난 비따를 가지러 갔던 거라고요. 깜빡 잊고 있었던 게 생각나서 말이지요."

장순걸은 마른 나뭇가지 하나씩을 나누어 주었다.

"이게 바로 그 비따라는 건데요, 혈액순환을 돕기 위해서 이 가지로 몸을 때리는 거예요. 이것 또한 핀란드식 사우나에서는 빼놓을 수 없는 겁니다. 이건 자작나무 여린 가지를 잘라 말린 겁니다. 핀란드인들은 자작나무를 신성시 여겨서 이 가지가 몸을 정화해 주기도 하고 혈액순환을 시켜줘서 건강에도 도움이 된다고 믿고 있어요. 이렇게 물에 다시 적신 다음 몸을 찰싹찰싹 때리는 거예요. 자, 해보세요."

모두 장순걸의 시범을 보고 따라했다. 달아오른 피부가 따끔따끔한 것이 다들 별로 기분 좋은 경험은 아닌 표정들이었다. 진혁은 차라리 얼음 호수에 뛰어드는 것이 낫겠다며 비따를 던지고 사우나를 뛰쳐나갔다. 진혁이 호수에 몸을 던지자 사우나 안에서 박수를 치며 환호성을 질러댔다. 호수에 몸을 식힌 진혁이 다시 사우나 안으로 들어오자 몸에서 찬기운이 확 끼쳤다. 진혁의 용기를 지켜본 강민우가 심호흡을 잔뜩 해서 가뜩이나 둥글게 나온 배를 더욱 부풀리더니 호수로 달려갔다. 뒤를 이어 서진민이 그리고 마지막으로 장순걸이 달려가는 듯하더니 마지막 주자는 몸을 돌려 버렸다. 장순걸은 차가운 대기 속에 서성이며 몸을 식힌 다음 다시 사우나를 계속했다. 그러다가 나중에는 눈밭에 구르는 쪽을 택했다. 얼음 구덩이는 그에게 도저히 뛰어넘을 수 없는 장애인 모양이었다. 눈 위를 서성이는 그의 몸에서 김이 뭉게뭉게 피어올랐다. 그 모습을 보고 서진민은 짓궂은 목소리로 놀려댔다.

"헤이, 장군! 그러고 있으니까 막 찜솥에서 꺼내 놓은 만두처럼 먹음직스러워 보이는걸?"

진혁과 그의 뒤를 이어 호수에 뛰어든 두 사람은 사우나에서 달궈진 몸을 호수에 던지는 일을 서너 번씩 반복해 가며 장순걸에게 서로 사나이다움을 과시했다.

"장군, 그러지 말고 한 번 뛰어들어 봐. 생각보다 차갑지 않아. 충분히 달궈서 뛰어들면 오히려 시원하게 느껴진다고."

"에이, 놔둬. 아무래도 장순걸은 오늘이 그날인 게야. 여자들이 수영장 못 가는 날 있잖아."

강민우의 놀림을 견디다 못한 장순걸은 마지못해 자신이 호수에 뛰어들지 못하는 이유를 고백했다.

"사실 전 물이 무서워요. 그래서 수영도 못 배웠어요. 어렸을 때 물에 빠져 죽을 뻔한 기억이 있거든요. 냇물에서 고기잡이하는 형들 따라다니다가 물살에 휩쓸려 한 100미터는 떠내려갔었어요. 한 농부 아저씨가 발견하고 건져주지 않았더라면 아마 지금 여기에 없고, 천국에서 벌거벗은 과장님들의 모습을 내려다보고 있을 거예요. 와! 배 나온 저 남자들, 몸매 한번 가관이군. 이러고 있겠죠?"

장순걸의 고백은 모두의 입을 다물게 했다.

사우나를 마치고 나서 그들은 오두막에 놓인 테이블에 둘러앉아 구운 소시지와 맥주를 마셨다. 모두들 두꺼운 외투를 껴입지 않아도 춥지 않다는 것에 대단히 신기해 했다. 영하 15도를 밑도는 추위와 90도를 넘는 사우나 안을 오락가락하는 사이 몸은 그 어떤 온도에도 적응이 된 모양이었다. 사우나를 마치고 교육원으로 돌아온 네 사람은 남은 교육생들이 준비한 핀란드식 크리스마스 명절 행사에 참여했다.

진혁이 헬싱키에 온 지도 벌써 6개월이 지났다. 그는 여전히 특허 소송 건에 대한 의혹을 버릴 수 없어 한국의 회사 동료에게 전화를 해봤지만 회사에는 특허부장과 그가 빠져나간 것 말고는 큰 변화가 없다는 소식만 들을 뿐이었다.

어느 날 강민우가 그의 연줄을 통해 K텔레콤의 특허부장 소식을 물어왔다며 스스로도 자신의 뛰어난 정보력을 자랑스러워하며 말했다.

"김달수란 사람이 박 과장 직속 상관이었던 것 맞지?"

진혁은 전혀 상관관계가 없는 사람의 입에서 자신의 상관

이름을 듣자 잠시 생소한 이름이기라도 한 것처럼 기억을 더듬더니 이내 머리를 끄덕였다.

"맞아. 부장님 이름이야. 강 과장이 우리 부장님을 어떻게 알아?"

강민우는 '뭐, 그쯤이야' 하는 표정으로 어깨를 으쓱하더니 이내 말을 이었다.

"그 사람이 회사에 자진 명퇴 신청을 했다던데? 자네는 잘린 것으로 알고 있었잖아?"

진혁이 다시 머리를 끄덕였다.

"그랬지."

진혁의 대답에 그럴 줄 알았다는 듯 강민우의 우쭐하던 목소리가 더욱 고조되었다.

"그게 아니었나 봐. 이건 그 사람 친인척에게서 나온 얘기니까 확실한 정보야. 그 사람 퇴사한 후에 강남에서 제일 비싼 주상복합아파트인 타워팰리스로 이사했다더군. 그전에는 서울 변두리 30평대 아파트에 살았었다던데, 완전히 인생이 업그레이드되어 차도 바꾸고 돈 냄새를 풀풀 풍기며 산다는군. 뭔가 냄새가 나지 않아?"

진혁은 부장의 평소 모습을 떠올려 보았다. 구두쇠라고까지는 말할 수 없지만 부하 직원들에게 후하게 밥 한번 사지 않는 인물이었고, 차림새는 검소한 편이었다. 늘 재태크에 관한 관심은 있었지만 자금 사정이 좋지 않다는 말도 가끔씩 했던 인물이고 보면 퇴사 후에 최고로 비싸다는 타워팰리스로 이사할 정도의 일이 일어났을 리 만무했다. 아무래도 모종의 거래가 있었던 모양이었다. 진혁은 쫓겨 오기 전날의 상황을 다시 떠올려 보았다. 얼굴이 하얗게 질려 있던 부장의 모습을 생각하니 의혹은 미궁 속으로 빠지는 것 같았다. 진혁이 기억하기엔 그는 그런 감정을 연기해 낼 만큼 위선적인 인물은 아니었다. 그는 함께 직장 생활해왔던 세월을 생각하며 섣부른 판단은 하지 않기로 마음을 정했다. 나중에 직접 만나서 확인해보면 될 일이었다. 진혁은 호기심 가득한 얼굴로 자신을 바라보는 강민우에게 말했다.

"대박 한 건 터뜨린 모양이지. 평소 재태크에 관심이 많은 분이었으니까."

강민우는 진혁의 생각에 반기를 들었다.

"오호라, 그 하고 많은 날들 중에 하필이면 퇴사 후에 그런 대박이 났단 말이군?"

진혁이 정색하고 말을 받았다.

"자네가 사정 알아 보느라 애써 준 건 고맙네. 그렇지만 억측은 금물이야."

강민우는 잔뜩 기대했던 가십거리가 별일 아니라는 결론이 났을 때의 허망한 표정이 되었다.

"에이, 김 새! 내가 보기엔 분명히 뭔가 진한 냄새를 풍기는데."

강민우는 모처럼 동료의 고민에 해결사 역할 한 번 하는가 싶었다가 김이 빠지는 기분을 숨김없이 드러냈다. 그러다가 그는 금세 표정을 바꾸면서 말했다.

"내일 로바니에로 오로라 보러 가야 하니 잠이나 일찍 자야겠다. 아! 내일이 몹시 기대되네."

강민우가 나간 후에 진혁은 갖가지 경우의 수를 모두 생각해보며 밤늦도록 잠들지 못했다. 그는 애써 생각을 떨치려고 책상에 앉아 아내에게 세 번째 편지를 시작했다. 그러나 몇 줄 써 내려 가다가 이내 파고드는 생각들 때문에 그는 편지 쓰기마저 접어 버렸다.

다음날 MBA 교육생들은 교수진과 함께 러시아에 인접한 핀란드 북쪽 지방 로바니에로 백야 체험 길에 올랐다. 4월 말에서 8월 하순까지 계속된다는 백야 현상 중 단 이틀이라도 경험해보게 되었다는 것이 교육생들을 들뜨게 만들었다. 나이가 들어도 새로운 체험 앞에서는 아이들이나 다름없었다. 더욱이 어쩌면 오로라를 볼 수도 있다는 기대감에 저마다 표정들이 부풀어 있었다. 진혁은 '이맘때, 한국은 벚꽃놀이가 한창일 텐데' 하는 생각을 하며 달리는 버스의 창에 기대어 끝없이 펼쳐진 핀란드의 들판을 내다보고 있었다. 그는 봄이 왔을 한국의 산천을 그려 보았다. 봉긋봉긋한 형태의 산은 한창 물이 올라 연두빛이 되었을 테고, 분홍과 흰 꽃을 단 과실나무가 언덕마다 물결치고 있는 모습이 눈에 선했다. 그는 지금 눈에 보이는 장대한 풍경과는 상관없이 아내와 아이들을 데리고 벚꽃놀이를 하는 장면을 떠올리고 있었다. 왠지 다시 그런 날이 올 것 같지 않은 불길한 예감이 들었다.

로바니에에 도착해 일행들은 점심을 먹었다. 헤메케이토라는 콩수프와 연어 그리고 핀란드 고유의 흑맥 빵으로 가벼운 점심을 먹고 백야가 시작되기를 기다리며 로바니에 시내 구경을 나섰다. 장순걸은 핀란디아 보드카를 사겠다고 술 파는 상점인 알꼬를 찾아 나섰다. 진혁은 딱히 혼자서 할 일도 없고 해서 장순걸을 따라다녔다. 늘 술을 구해다가 숨겨 두고 네 사람이 모일 때마다 깜짝쇼를 하며 내놓는 장순걸의 모습을 생각하니 진혁은 슬며시 웃음이 나왔다. 그가 내놓는 술은 참으로 다양해서 한국산 소주에서부터 일본주, 양주, 핀란드 전통주까지 애주가의 면모를 아낌없이 보여주었다. 그는 또 술을 이런 저런 음료에 조금씩 섞어서 시음해보는 취미가 있다. 보드카는 주로 커피에 약간씩 넣어서 마시는데 아마도 그런 용도로 쓰던 것이 다 떨어진 모양이었다. 진혁은 알꼬에서 보드카를 사는 장순걸에게 각기 알코올 농도와 맛이 다른 맥주 몇 가지를 선물했다. 그동안 얻어 마신 술에 대한 보상이기도 하고 룸메이트로서의 뇌물이기도 했다. 이유야 어찌 됐든 술 선물을 받은 장순걸은 신이 나서 덩실덩실 춤까지 춰 보였다. 진혁이 그 모습을 보고 룸메이트의 천진함에 웃음을 터뜨렸다.

"장군은 술 좋아하는 사람들이 사는 핀란드에 오길 천만다행이야. 술이 귀한 나라에 갔더라면 어쩔 뻔했어?"

장순걸은 생각해 볼 필요도 없다는 듯이 짧게 끊어 대꾸했다.

"안 가죠."

진혁은 장순걸이라면 그러고도 남겠다고 생각하며 어이없이 웃었다.

두 사람은 로바니에 시내를 어슬렁거리며 상점들을 구경하고 노점들도 구경하며 다녔다. 장순걸은 한국에 두고 온 여자친구의 생일에 보낸다고 예쁜 수제 가죽 지갑도 샀다. 그걸 본 진혁은 아내와 아이들 생각이 나서 백야와 오로라를 찍은 사진 몇 장을 샀다. 편지에 동봉할 생각이었다.

해가 지고 있었다. 두 사람은 MBA 일행들과 합류하여 숙소 뒤편 언덕으로 올라갔다. 언덕 위에 삼삼오오 모여 서서 이야기를 나누는 사이 해가 지고 있었다. 시간이 흘러감에 따라 어둠이 내려야 할 즈음이 되었어도 더 이상 세상은 어두워지지 않았다. 빛이 하늘에 남겨진 채 밤이 된 것이었다. 사람들은 어두워지지 않는 밤을 즐기기 위해 숙소에서 야외용 테이블과 의자를 옮겨 오고, 미리 주문해 두었던 맥주와 야식 거리들을 날라 왔다. 불을 켜지 않아도 남아있는 태양 광선에 의해 모든 것이 분별되는 그야말로 하얀 밤이었다. 백야를 즐길 준비가 끝나자 숙소 주인 남자가 나타나더니 아코디언을 연주하며 노래를 불렀다. 노래 소리는 듣는 사람들의 마음을 충만한 행복감으로 채워 주었다. 어슴푸레하게 빛이 바랜 풍경과 맥주의 나른한 취기와 아코디언의 추억을 부르는 듯한 소리는 절묘하게 조화를 이루며 여행자들의 가슴을 뭉클하게 했다. 거기에다 숙소 주인 남자의 노래 실력은 수준급이었다. 그는 이런 무대를 자주 펼치는 모양이어서 준비된 곡들을 줄줄이 연결지어 나왔다.

분위기에 취해 몸을 휘저으며 앉아 있던 강민우가 목소리를 낮추어 말했다.

"오늘 오로라까지 볼 수 있으면 인생에 길이 남을 날이 되겠는데.”

그의 말에 모두가 동의한다는 뜻으로 일제히 고갯짓을 했다. 노래가 끝나고 주인이 물러가자 이번에는 여러 나라의 민요가 시작되었다. 각 나라에서 온 사람들이 돌아가며 자기네 나라 민요를 부르기 시작한 것이다. 이에 질세라 하나의 테이블에 모여 앉았던 진혁 팀들도 차례가 오자 아리랑을 합창했다. 미국인 교수 하나가 아리랑을 아는지 꼬이는 발음으로 함께 불렀다. 아리랑이 끝날 무렵 누군가 알아들을 수 없는 말로 감탄사를 날렸다. 그러자 여기저기서 서로 다른 말로 감탄의 소리가 이어졌다. 진혁 팀은 아리랑에 대한 환호인 줄 알고 일동이 일어나 허리를 꺾어 절을 했다. 그런데 사람들의 시선은 다른 곳에 가 있었다. 그제야 네 사람은 그들의 시선을 따라 눈길을 벌판 끝으로 옮겼다.

오로라였다. 천사의 베일을 드리운 것 같은 오로라가 시작된 것이다. 사람들은 일제히 오로라가 발생하는 곳을 향해서서 말을 잃었다. 카메라를 준비해 온 사람들은 어떻게든 오로라를 실감나게 촬영하려고 각도를 잡느라 애를 썼다. 모두들 천상에서 펼치는 황홀한 빛의 향연에 매료되어 그저 ‘아’ 하고 감탄할 뿐이었다. 처음에 우윳빛으로 시작한 오로라는 조금씩 색을 바꾸며 섬세하고 부드러운 커튼 자락을 흔들며 춤을 추는 듯했다. 천상에서 지상으로 드리운 커튼이 미세한 바람에 나풀거리는 모양이었다. 붉은 기체 커튼은 보라로, 파랑으로 그리고 노랑, 연두로 혼합되어 번지다가 이내 사라지고 또 다른 곳에서 시작되었다. 빛과 기체로 이루어진 프리즈마 입자로 신은 신비로운 마술쇼를 펼쳐 보이고 있었다. 누구도 그 광경 앞에서 표현할 적당한 말을 찾아내지 못했다.

백야와 오로라를 경험하고 돌아온 진혁은 이틀 전에 쓰다 만 편지를 다시 시작했다.

사랑하는 당신,

헬싱키에 온 지도 벌써 6개월이 넘었소. 그동안 선미와 상민이는 당신 속 썩이지 않고 잘 지내고 있는지 궁금하오. 거기는 봄이 무르익어가고 있겠군. 올봄에는 아이들 데리고 진해로 벚꽃놀이 가자고 해 놓고 나는 여기에 와 있소. 그러나 마음은 당신이 느낄 봄을 함께 느끼고 있다는 것을 알아주었으면 좋겠소.

어제는 로바니에로 백야와 오로라를 보러 갔었소. 가는 차 안에서 당신과 함께 했던 오래전 일이 생각났지요. 아마도 이맘때 일이라 그랬는가 보오. 학창 시절에 대성리로 MT 갔었던 것 당신도 기억하는지요.

　밤새도록 우리는 강변에 불을 피워놓고 캠프파이어를 하고 있었지요. 그때, 일렁이는 불꽃 너머로 발갛게 달아오른 당신의 얼굴이 보일 때마다 나는 가슴에 아지랑이가 피는 것처럼 간질거리고 팔다리에 힘이 풀렸었소. 내가 이런 말을 당신에게 한 적이 있던가? 아마도 그때부터 나는 당신을 눈으로 좇기 시작했던 것 같소. 그리고 바라보는 마음은 염원이 되고 염원은 집념을 불사르게 만들어 결국 당신을 내 사람으로 만들게 되었소.

　그 젊은 날에 당신을 보고 있으면 가슴에 일었던 것 같은 감정을 나는 어제 다시 느낄 수 있었소. 바로 오로라였소. 백야에 만난 오로라는 뭐라 형언할 수 없이 나를 사로잡았소. 그 멋진 광경을 당신과 함께 볼 수 있다면 얼마나 좋을까 하고 생각했소.

　실재와는 느낌이 전혀 다르겠지만 여기 몇 장의 사진을 보내니 당신의 그 풍부한 상상력으로 한 번 그려보기 바라오. 이제 와서 이런 고백을 하는 건 좀 민망하지만 그때, 그 옛날에, 당신은 나의 오로라였다는 걸 말해 주고 싶었소. 아마 오늘 이후로는 이런 말 다시 할 수 없을 거요. 오로라가 나를 사로잡아 내 기억 속에 남아있던 그날의 감정을 실토하게 만드는구려.

이 이야기는 당신에게 하는 것이니 아이들에게는 사진을 보여주시오. 그리고 설명해줘요. 오로라는 태양에서 방출된 플리즈마 입자가 지구의 북극 자기장에 이끌려 대기로 진입하고 점차 극지방 쪽으로 모이면서 대기권 입자와 부딪쳐 발생하는 현상으로 우주에서 펼쳐지는 빛의 향연임을 말이오. 분명히 호기심 많은 상민이 녀석이 사진을 보고 물을 거요. 갑자기 물으면 당황하지 말라고 미리 적어 보내오.

회사 특허 분쟁은 아직 소강상태에 있다는 소식을 들었소. 그리고 나는 당신이 걱정하지 않아도 좋을 만큼 건강하게 지내고 있소. 이렇게 멀리서 가족과 회사와 나라를 걱정하고 있는 내가 우습지만 오로라를 보는 내내 모든 게 다 잘 풀릴 거라는 막연한 희망을 가지게 되었소.

그럼 건강하게 지내길 바라고, 다시 소식 전하겠소.

당신의 혁.

진혁은 사진을 동봉해 편지를 부쳤다.

헬싱키에서 지내는 동안 진혁은 자신의 인생에 있어서 이곳의 생활은 꼭 거쳐 가야 할 운명처럼 받아들이게 되었다. 그에게는 소중한 인연들이 맺어졌으며 세계화 과정 수업에서 많은 것을 배우게 되었다. 또한 떠나오지 않았다면 알지 못했을 신비한 경험들도 하게 되었던 것이다. 더욱이 1년 2개월이 지났을 때는 교육 과정에 2개월간의 자유 여행까지 주어졌다. 모든 경비는 각 회사에서 부담하는 것이었다. MBA 교육 과정 중 방학인 2개월을 여행을 통해 세계화 공부를 보강하라는 뜻에서 정해진 프로그램인 듯했다.

진혁과 동료 세 사람은 머리를 맞대고 여행 계획을 짜기 시작했다. 진혁은 가족을 만나기 위해 한국을 거치는 여행 일정을 잡으면 어떨까 생각했지만 세 사람의 의견은 달랐다. 한국과 주변국은 2년 과정이 지난 어느 때든 돌아볼 수 있지만 유럽과 지중해 연안국들을 2개월에 걸쳐 개인 비용으로 돌아보기엔 무리가 있다는 거였다. 진혁도 그 말에 동감했다. 결과는 지중해 연안 4개국으로 좁혀졌다. 고대문명 발상지인 그리스, 터키, 이집트, 스페인으로 정하게 된 것이다. 진혁도 고대문명에 관한 관심이 있었던 터라 여행이 기대되었다.

네 사람은 여장을 꾸리고 먼저 이집트로 향했다. 이집트로부터 시작해 터키, 그리스, 마지막으로 스페인을 둘러볼 작정이었다. 발빠른 장순걸이 이집트 통신회사에서 MBA 과정에 참여한 무하마드를 가이드 겸 여행 동반자로 끌어들였다.

신성문자와 문무대왕릉

　무하마드는 며칠 먼저 이집트로 돌아가 가족과 함께 지내고 있다가 진혁 일행이 이집트로 들어갈 때에 맞춰 카이로 공항으로 마중을 나와 합류했다. 무하마드는 이집트 고대 유적지 탐방을 하겠다는 한국인들을 위해 많은 준비를 한 모양이었다. 진혁 일행은 무하마드가 끌고 나온 한국산 카니발 승합차를 보고 네 사람이 동시에 고향 사람이라도 만난 듯이 반가워하며 차를 이리저리 돌아보았다. 자동차에 짐을 싣고 무하마드는 차를 운전해 카이로 공항을 나섰다. 시내 쪽으로 한동안 달리던 차가 화강암으로 된 대형 첨탑 앞에 멈췄다. 강민우가 수학여행 나온 학생처럼 무하마드에게 물었다.

　"저 거대한 돌탑은 뭡니까?"

　무하마드는 대답 대신 오히려 질문을 던졌다.

　"이집트 하면 떠오르는 명물 중 하난데 모르겠어요?"

　그의 물음에 진혁이 대답했다.

　"오벨리스크?"

　무하마드가 만면에 미소를 띤 얼굴로 대답했다.

　"맞습니다. 오벨리스크예요. 고대 이집트의 첨탑이며, BC

1000~3000년경 여러 신전 옆에 세워진 것으로 태양신 '라'에 대한 경배물입니다. 저기에 기록된 상형문자들이 보이시죠? 저건 왕 파라오가 자신의 업적을 태양신에게 고하고 또 기원하는 내용을 담고 있습니다. 이 오벨리스크는 40미터 정도 높이이고 룩소르와 카르낙 신전 등에도 세워져 있어요. 가장 큰 오벨리스크는 45미터에 무게는 130톤이나 되는 것도 있죠"

무하마드의 설명에 모두들 '우우' 하며 감탄사를 날렸다. 무하마드의 지식과 조리 있는 설명에 대한 감탄이기도 하고 오벨리스크에 대한 감탄이기도 했다. 서진민은 입을 벌리고 오벨리스크를 굽어보다가 혀를 내두르며 말했다.

"130톤이라니, 이런 돌을 어디서 채취했으며 그 시대에 대체 어떻게 여기까지 옮겨 놓았을까?"

무하마드는 그 의문에 대해 자랑스런 표정을 지으며 설명했다.

"이제 여행의 시작에 불과하니 앞으로 15일간의 일정 동안 둘러보다 보면 서로 연결이 지어질 겁니다. 저 화강암은 이집트 나일강 상류 아스완 지역에서 채취한 것입니다. 200톤 내외의 돌을 채석장에서 잘라내 선박으로 나일강을 따라 운반했다고 해요. 돌은 나일강 중류와 하류까지 깨지지 않도록 운반되어 다시 각 신전으로 옮겨진 다음 오벨리스크로 다듬어진 거죠. 우리가 가장 안타깝게 생각하는 건 그렇게 세워진 오벨리스크 중 12개나 되는 것이 과거 제국주의자들의 침략에 의해 강탈당했다는 겁니다. 아직도 돌려받지 못했지요."

무하마드의 목소리기 침울해지는 것을 느낀 일행들이 혀를 차며 침략자들에 대한 비난의 목소리를 높였다. 무하마드는 다시 차를 몰고 떠나며 이집트 역사에 대해 자랑스럽게 설명했다. 그는 인류문명의 최초 발상지가 이집트이며 400만 년 전 인류가 아프리카에서 처음 태어나 전 세계로 퍼져 진화하였다는 다윈의 진화론을 믿고 있었다.

그러나 이집트 시내에 대한 네 사람의 첫인상은 무질서였다. 거리는 혼잡하고, 차량들의 통행은 질서가 없으며 보행자들은 횡단보도를 통하지 않고도 아무 데서나 길을 건너고 있었다.

무하마드는 여행 첫날이라 이집트 시내에 있는 몇 개의 박물관을 보여주는 것으로 일정을 마쳤다. 네 사람은 엄청나게 많은 이집트 유물들 앞에 입이 떡 벌어졌다. 더욱 놀라운 것은 박물관을 지을 자금이 없어 아직도 엄청난 유물들이 지하 창고에 방치되어 있다는 것이었다.

다음 날은 카이로 서쪽, 나일강을 건너 사막으로 향했다. 파라오의 무덤들을 만나러 간 것이었다. 거대한 스핑크스와 피라미드를 가리키며 무하마드가 설명했다.

"저것이 고대에는 천문대와 통신용으로도 쓰였다는 학설이 있죠. 저는 그 학설을 전적으로 믿습니다."

무하마드는 그 무덤들의 주인들과 거기에 얽힌 사연들까지 모두 알고 있었고, 규모와 건축 방식까지 설명했다. 네 사람은 무하마드의 충실한 가이드로서의 준비성에 다시 한번 혀를 내둘렀다.

셋째 날은 아스완 댐, 넷째 날은 아부심벨로 이동하면서 진혁 일행은 점점 세계사로만 공부했던 이집트의 역사 속으로 걸어 들어갔다. 그 엄청난 유적들 앞에서 과거 패권국의 길고도 화려한 번성의 역사를 직접 목격하고 나니 이제는 더 이상 감탄사도 나오지 않는 지경이 되었다.

진혁은 이집트 여행을 계속하는 동안 번성했던 신왕국시대의 위대한 창조물들을 경외하는 시선으로 바라보며 두 가지 의문이 생겼다. 이들을 이토록 번성하게 했던 핵심은 무엇이며 또 타의 추종을 불허하는 문명을 일으키고 번성시킨 이들이 그 패권을 잃은 이유는 무엇인가 하는 것이었다.

무하마드는 여행 내내 쏟아지는 질문들을 대부분 감당해

낼 정도로 박식하고 가이드 능력이 뛰어났지만 점점 깊이 파고드는 진혁의 질문 앞에 손을 들었다. 그는 이번 여행 일정을 약간 바꿔서 프랑스에 있는 이집트학의 대가인 크리스티앙을 만나볼 것을 추천했다. 크리스티앙은 '빛의 아들 람세스'로 한국에 잘 알려진 사람이기도 해서 진혁은 그를 만나 보고 싶은 마음에 일정을 바꾸자고 일행들을 졸랐다.

장순걸은 역사니, 고고학이니 하는 것에 영 흥미 없다는 표정으로 일관하며 이집트 일정 내내 따라다니더니 프랑스로 가자는 말에는 찬성했다. 그는 지루한 고대 유물 순례가 끝나고 자유를 만끽할 수 있는 파리를 활보하고 싶어했다. 그는 마음이 벌써 파리로 날아갔는지 혀를 굴리며 농담을 했다.

"오 파리, 거기 가면 소르본느 대학가의 스페인 술집에서 홀라맹고도 추고 하룻밤 거나하게 놀아요."

강민우는 장순걸의 말에 반기를 들었다.

"홀라맹고라면 스페인에 가서 춰야지. 그러고 보니 스페인 술집도 마찬가지네. 그걸 본고장 놔두고 왜 파리에 있는 술집으로 가? 프랑스는 일정에 넣지 않은 나라니 갑자기 행선지를 바꾸지는 맙시다. 나는 어서 스페인으로 갔으면 좋겠어. 음식도 그렇고, 분위기도 우리와 맞을 것 같아."

그러자 장순걸이 포기할 생각이 없는지 대안을 제시했다.

"그럼 먼저 가 있어요. 우리는 며칠간 파리에 들렀다 다시 합류하면 되잖아요. 나는 박 과장님처럼 고고학에는 관심이 없지만 파리만은 들르고 싶어요."

장순걸이 계속해서 고집을 세울 조짐이 보이자 서진민이 나섰다.

"함께 2개월의 여행을 계획한 사람들이 겨우 한 나라 둘러보고 벌써 패를 가르는 건 좋지 않아요. 그냥 다 같이 파리에 들렀다 갑시다. 나도 파리를 빠뜨리고 가는 건 좀 섭섭했어요. 크리스티앙이란 작가도 한번 만나 보고 싶네요. 함께 사진 찍어서 애들에게 보내면 좋을 것 같아요."

서진민까지 거들고 나서자 강민우는 어쩔 수 없이 주장을 철회했다. 사실 분위기 메이커인 장순걸이 빠지면 여행이 싱거워질 것은 분명했다. 드디어 의견 일치를 본 그들은 이집트 여행을 3일 단축하고 파리로 가기로 의견을 모았다. 진혁은 깊은 인상을 남긴 이집트 여행의 감동을 아내에게 편지로 전했다.

사랑하는 당신에게.

나는 이제 방학 기간에 들어가고 있소.

나일강 아프리카 대륙에 있는 빅토리아 호수에서 발원하

여 열대 초원을 흐르는 백나일강과 에티오피아 산악의 골짜기에서 흐르는 물들이 모여 이루는 청나일강이 수단의 카루틈 남방에서 합류하여 이집트의 젖줄이 되었다고 합니다.

나일강 짙푸른 강물과 쏟아지는 태양에 눈이 부시도록 금빛으로 출렁이는 물결. 은하수를 강물에 풀어 놓은 듯 반짝이는 수많은 작은 별들. 작열하는 태양의 나일강은 밤하늘을 보고 있는 착각마저 들게 한다오.

머나먼 우주, 지나간 우주.

바라보고 있을수록 그 옛날 파라오 시대의 신전 건립을 위해 화강암을 가득 실은 선박과 어망을 던지는 어선들이 강물에 비추었소.

환생을 믿고 불멸을 꿈꿨던, 석상이 되어 앉아 있는 람세스와 누워 있는 황금가면의 투탕카문 그들이 일어나 나일강을 '첨벙첨벙' 건너오는 소리가 들리는 듯하는구려.

내가 제안을 해서 동료 세 사람과 함께 고대 도시들을 방문하고 있는 중이오. 터키와 그리스, 이집트, 스페인을 여행하기로 계획했고, 지금은 이집트에 와 있다오. 그리고 이 편지를 당신이 읽을 때는 파리를 거쳐 스페인을 여행하고 있을 것이오.

이집트는 인류 사상 최고의 문명이 일어난 나라지요. 국가 수입의 30%를 고대 유적이나 박물관을 찾아오는 관광객들에게 벌어서 먹고살 수 있을 정도의 고대 유물이 많은 나라이니까요. 우리나라의 유적과 박물관을 폄하하는 것은 아니지만, 유적의 규모와 유물의 긴 역사성에 놀라지 않을 수 없습니다. 인류의 위대함이랄까! 내 개인적 지식으로는 궁금했던 문화의 긴 연결고리의 해답을 여기서 얻은 것 같소.

요즘 들리는 소문에 회사는 좀 어수선한 것 같소. 내가 맡고 있던 특허 분쟁은 진전이 없고 양사가 서로 눈치 보기에 들어갔다고 해요. 1심에서는 K텔레콤이 패했으며, 상고 2심에서는 양측이 부심하고 있다고 들었고요.

3일간 이집트 신전이 밀집한 룩소르와 카르낙 신전을 관람하였는데 3천 년 전 인간의 위대함과 문화국가 민족 불멸(不滅)에 대한 욕망이 3천 년이 지난 지금에도 피부에 느껴지고 있소. 거대한 석상과 열주(列柱)와 오벨리스크 탑이 묵묵히 서서 그 오랜 세월을 이야기하고자 하더군요. 우리는 어쩌면 영혼이 영원하다는 믿음 위에서 이 짧은 생을 사는지도 모르지요.

내가 하지 못한 일은 내 자식이, 우리 세대가 못한 것은 다음 세대가 당신과 내가 처음 만나 결혼을 약속하고 괴산 백양을 찾았을 때 장인, 장모님이 연안 이씨 서당에 가서 제사

를 지낸 것도 그러한 영원불멸 사조(思潮)가 아닐까 생각되오

룩소르 신전에서 기원했소. 내가 끝나면 나의 혼인 자식이, 손자가 영원하게 잘살고 당신과 나의 사랑이 영원하도록 람세스 2세 석상에 빌었소.

그럼 안녕히!

당신의 혁.

며칠 후 진혁의 일행은 프랑스 파리로 날아갔다. 샤를 드골공항에 내리자 무하마드가 미리 연락을 취해 둔 한국인 통역이 차를 가지고 나와 기다리고 있었다. 머리를 길러 한 갈래로 묶은 남자는 그림을 그리는 사람인지 옷에서 눅진한 유화 물감 냄새가 물씬 풍겼다. 서로 인사를 나눈 후 그는 진혁이 건넨 크리스티앙의 주소를 받아들더니 곧바로 공항을 빠져나가 파리 시내로 진입해 들어갔다.

크리스티앙의 저택은 파리 근교에 있었다. 통역이 크리스티앙의 비서인 듯한 사람에게 진혁의 말을 전하자 다섯 사람을 잠시 대기시켜 놓고 안으로 들어가더니 곧 다시 나와 모두를 집필실로 안내했다.

크리스티앙은 흰 머리와 수염으로 뒤덮인 모습 그대로였

다. 진혁은 책 표지에서 본 모습을 기억하고 마치 잘 알고 있는 사람을 만난 것처럼 친숙한 느낌을 받았다. 크리스티앙은 한국에 대한 좋은 인상을 가지고 있다고 했다. 그의 책이 한국에 번역되어 베스트셀러가 되었을 정도로 한국인이 관심을 보인 데 대한 인상인 듯했다.

모두 인사를 나누고 정원 한쪽에 마련된 자리로 이동해서 이야기를 나누기 시작했다. 크리스티앙은 진혁 일행이 이집트 여행 중에 자신을 만나려고 일정을 접고 파리로 날아왔다는 말을 듣더니 몹시 기뻐하며 쏟아지는 질문에 충실하게 답변했다.

진혁은 이집트 여행 중에 생긴 궁금증을 풀려고 질문 공세를 퍼부었고, 크리스티앙은 장황하고도 긴 설명을 시작했다. 그는 타고난 이야기꾼이기도 해서 이집트 역사에 관한 내용을 이야기로 꾸며 구현하기까지 했다. 고고학이나 세계사 같은 것엔 흥미 없다던 장순걸과 강민우도 크리스티앙의 이야기를 지루한 줄 모르고 듣고 있었다.

크리스티앙의 이야기 중 진혁의 흥미를 강하게 끈 건 역시 이집트의 영광과 패권을 장악하게 된 배경이었다. 그것은 창조적인 기술 개발을 게을리하지 않은 데 있었고 그것을 가능하게 하는 핵심에 통신 기술이 놓여 있었다. 당시에는 봉화와 역참, 파피루스를 활용해서 중앙집권 통치의 행정적 문제인 이집트 내 시민의 의견을 빠르게 수렴하고 법령을 전파하는데 유용하게 쓴 것이다. 이집트의 정치적 안정에 뛰어난 역할을 하게 된 것도 역시 통신 기술이었다. 특히 이집트와 이집트 식민 국가의 봉화와 봉화대, 피라미드와 천측을 이용한 광역 봉화 통신 방식은 최신 기술로 개발된 통신 방식으로 타국의 추종을 불허하는 것일 뿐만 아니라 이집트 기술의 유출을 막고 타국의 침입을 반나절 만에 파라오에게 전달할 수 있는, 당시에는 초고속 통신망이었던 것이다.

이집트는 그렇게 발전했고 지켜졌던 것이었다. 그것은 또 이집트를 세계화하는 데 한몫을 했다. 그렇게 해서 패권을 장악하고 오랜 세월 문화를 꽃피우며 번성했던 이집트의 패망을 예고하게 된 계기가 되기도 한 것이다. 빠른 정보망은 적에게 기술을 빼돌리고자 하는 스파이들 간에도 이용된 것이다. 이집트의 주변국들은 앞을 다투어 이집트의 기술들을 빼내려고 혈안이 되어 있었다. 주변국 황제들은 노골적으로 이집트의 핵심 기술을 빼내서 들고 오는 자에게는 평생의 부귀영화를 보장한다는 회유까지 서슴치 않았다. 이 달콤한 유혹은 이집트의 몇몇 변절자들의 마음을 움직였고, 급기야 기술은 더 이상 이집트의 것만으로 남지 않고 국경을 넘어 세계의 것이 된 것이었다. 뒤늦게 창조적 기술 개발에 열을 올리기 시작한 나라들이 이집트를 앞질러가기까지 하면서 유구한 역사 동안 세계 패권을 장악했던 이집트의 무소불위의 힘은 더 이상 최고가 될 수 없어진 것이었다. 여행을 하면서 유적을 보고 온 네 사람은 크리스티앙의 이야기에 유적을 겹쳐 생생한 역사 공부를 하고 있었다. 진혁은 아이들에게도 이런 방식으로 세계사 공부를 시키면 좋겠다는 생각을 잠시 했다.

크리스티앙은 또 이집트의 건축기술, 의학기술, 문자와 식량 재배 기술에 대해서도 이야기를 했지만 진혁의 머릿속에는 이미 여러 가지 생각들이 얽혀들고 있었다.

진혁은 헬싱키 MBA 과정을 이수하는 동안에도 내내 마음속에서 떨쳐낼 수 없었던 특허 분쟁에 관한 생각으로 달려가고 있었다. 고대나 현재나 핵심 기술의 패권은 한 나라의 흥망성쇠를 좌우하는 것이라는 생각이 그를 사로잡은 것이다. A텔레콤사는 그 패권을 장악하기 위해 수단과 방법을 가리지 않고 국가적 차원에서 지원받으며 공격에 나서고 있는데 이에 대적하던 선봉인 자신이 이 먼 나라를 떠돌며 될 대로 되라는 식의 대응을 하고 있다는 생각이 들어 진혁은 착잡한 심정이 되었다. 이집트의 유적과 역사를 보면서 왜 그의 심정이 이다지도 착잡해지는 것인지 진혁은 스스로도 자신이 이해되지 않았다.

진혁이 복잡한 심경을 가누지 못하고 앉아 있는 사이 크리스티앙의 이야기는 이집트의 패망 쪽으로 흘러가고 있었다.

"BC 5500년 하이집트 개척 시대를 시작으로 티니스 이전 시대라 일컫는 원사시대 3500년 상이집트 제국부터 이집트는 크게 고왕국시대, 중왕국시대, 신왕국시대로 나뉘는데 BC 525년에 페르시아 왕 캄네세스 2세에 패하면서 이집트는 페르시아의 태수국으로 전락합니다. 그 후, BC 51년에 클레오파트라 7세가 남동생 프톨레마이오스 13세와 권력 다툼을 벌이면서 내란이 일어 클레오파트라는 로마의 마르쿠니 안토니우스와 동맹 관계를 맺게 되죠. 그러나 기원전 31년에 안토니우스가 악티움 해전에서 아우구스투스에게 패하면서 클레오파트라 7세는 안토니우스와 동반 자살하고 그 후 이집트는 로마에 병합되면서 세계 패권은 이집트에서 페르시아로 다시, 로마로 넘어가고 말았어요."

크리스티앙은 여기까지 이야기하고 물 잔을 들어 목을 축였다. 그때까지 정신을 놓고 이야기에 집중하던 강민우는 감탄을 연발하며 무슨 이야긴가를 하려다 그냥 입을 다물었다.

진혁뿐만 아니라 모두가 이집트의 역사와 연관되어지는 생각이 있는 모양이었지만 언어의 장벽에 부딪혀 입만 달싹거리다가 이내 한숨만 내쉬었다.

크리스티앙과의 만남을 끝내고 통역이 안내하는 대로 몽마르트의 한국인이 운영하는 호텔에 투숙한 진혁 일행은 이번 파리 여행에서 키워진 생각들이 많은 듯한 얼굴들이었다. 숙소에서 준비된 식탁에 둘러앉자 강민우가 참았던 말을 터뜨렸다.

"아까 크리스티앙의 이야기를 들으면서 생각나는 일이 있었어. 내가 S전자로 회사를 옮기기 전, 그러니까 대학 졸업 후 D전자에 입사해 기획실에서 신입사원 시절을 보내고 있을 때였지. 그때는 뭐가 뭔지 몰라서 그저 듣고만 지나친 이야기인데 오늘 문득 그 내용이 생각났어."

강민우가 서두를 떼자 장순걸이 호기심을 보이며 물었다.

"아, 뭔데 그래요? 서두는 그쯤 해두고 본론을 내놔 봐요."

강민우는 장순걸의 말을 손짓으로 제지하며 곧바로 본론으로 들어갔다.

"그러니까, 아마 그때가 1993년이었을 거야. 내가 입사한 이듬해니까. 대우 본사 건물 25층에 김우중 회장실이 있고 그 옆에 그룹조정회의실이 있는데 2월 어느 날에 회장단 비밀 업무 보고회가 열린 적이 있어. 그런데 그 회의 내용이란 것이 좀 특이했어. 그때 회의에 참석한 사람은 회장단 9명과 사장단 20명 그리고 기획조정실장이 참석했었지. 그때 내가 OHP 조작을 위해 불려간 거야. 나 외에는 총회장 수석비서관만이 참석한 자리였지. 우리 두 사람은 회의에 참석했다기보다 회의 진행을 위한 보조로 불려간 거지만. 그날 회의는 세 시간에 걸친 긴 회의였는데 처음에는 국내 정치 상황과 세계 경제 동향이 보고되는 것으로 시작되었어. 그다음엔 우리나라에 급증하고 있는 수입 물품들에 대한 보고가 이어지고, 아무튼 연례행사인 연간 업무 보고가 한동안 계속되었지."

강민우가 기억을 더듬으며 이야기를 이어가자 조급증이 난 서진민이 말허리를 잘랐다.

"그래서, 그런 구구절절한 이야기들은 생략하고 그 특이하다던 회의 내용이나 얘기해봐."

강민우가 말을 끊은 것에 유감스러운 표정을 지으며 서진민을 노려보았다. 진혁은 식사를 계속하며 차분하게 이야기를 듣고 있다가 강민우를 채근했다.

"계속해봐. 그래서?"

강민우는 강한 호기심을 보이는 진혁에게 눈을 맞추고 다시 이야기를 시작했다.

"응, 그러니까 업무 보고가 모두 끝나자 사장단들을 모두 내보내더니 김우중 회장이 회의실 문을 걸어 잠그라고 명하는 거야. 문을 잠그고 나니 회장의 수석비서관이 회장단 9명에게 비밀누설 금지 각서를 받도록 한 거야. 각서를 받고 난 후에 내게 OHP 화면을 띄우라는 신호가 왔지. 나는 그 화면의 내용이 무엇인지 그때까지 전혀 모르는 상태였어. 그런데 화면을 띄우고 보니 거기엔 이집트 피라미드와 스핑크스가 대각선으로 서 있는 게 나왔어. 신호에 따라 넘긴 다음 화면에는 신전처럼 보이는 웅장한 기둥들과 스핑크스들 그리고 고대 대형 조각상들이 보였지. 그러니까 우리가 이집트 여행 중에 본 오벨리스크와 스핑크스 등의 사진이 거기 들어 있었던 거야. 그 실물들을 볼 때는 그 일이 생각나지 않았는데 오늘 크리스티앙의 이야기를 들으니 그 일이 생각나더라니까."

그가 잠시 옆길로 새자 다시 진혁이 채근했다.

"그 사진들을 왜 대우 회장들이 보고 있었던 거지?"

진혁의 질문에 장순걸과 서진민도 식사하던 손길을 멈추고 눈을 빛내며 강민우에게 주목했다. 강민우는 사뭇 진지한 얼굴로 이야기를 이었다.

"세 번째 화면에는 탑에 상형문자가 새겨진 것과 경주 감포 앞바다 문무대왕릉을 보여주었는데 그때 모인 회장단들도 지금 자네들의 얼굴 같았지. '저걸 왜 보여주나?' 하는 얼굴 말이야. 그때, 기획조정실장이 드디어 입을 열었어. 그는 이렇게 말했어. '여기 첨탑은 이집트 중부지방 고왕국에서 중왕국, 신왕국 시대에 건설된 룩소르 신전에 있는 오벨리스크라는 탑입니다. 이 탑은 신에게 봉헌하는 경배물로 기원전 1200년경인 람세스 2세 때 만들어진 것입니다. 또 하나 사진은 동해 문무대왕릉입니다. 이것을 보여 드리고 보고 드리는 이유는 15년 전 1977년에 제14회 백억 불 수출의 날 기념식이 있었던 때에 박정희 대통령과 고고학자와 천체물리학자, 그리고 주요 재벌 총수들이 모인 장소에서 발표된 내용을 이야기하고자 하는 겁니다. 바로 우리나라가 5천 년 만에 한 번 오는 천운을 맞는다는 내용입니다. 믿기 어렵겠지만 우리나라가 미국 다음의 세계 최대 강국이 된다는 것입니다. 즉 세계 패권이 대서양을 건너 미국으로 갔듯이 미국의 패권이 태평양을 건너 아시아 대륙이 끝나는 지점인 우리나라에 온다는 것입니다. 그러한 신성문자 기록을 판독해냈기 때문입니다.'라고 말이야. 나는 그때 내 귀를 의심했지. 무슨 주술사들의 회의도 아니고 이런 내용을 한 나라의 대통령과 기업 총수들이 나누었단 말인가? 하고 생각했었지. 그러나 그때, 그 자리에 모인 사람들은 그 말을 굳게 믿었던 듯해. 더불어 삼국을 통일한 문무대왕이 동해 한가운데에 묻힌 것도 고구려 땅과 일본 땅을 아우르는 세계의 패권의 기운을 받아들이려 했다고 해석했다는군. 아무튼 말도 안 될 듯한 신화나 전설 같은 이야기지만 이 나라에 내로라하는 학자들이 그 내용 판독한 것을 신빙성이 있도록 설명했었나 봐. 그러니까 우리 회사 총수도 그 일을 굳게 믿고 뜨거운 그 무엇에 사로잡혀 15년 동안이나 비밀에 부치면서 실천 전략을 펼쳐왔던 거였지. 15년이 지난 후, 실제로 엄청난 발전을 거듭한 결과를 보고 받은 후에 묻어 두었던 그 비밀을 회장단에 공개하게 된 거야. 김우중 회장은 그날, 휘하의 회장단에게 대우를 글로벌 기업으로 키우기 위해 이제부터 매머드 대우선단을 만들어 지구촌 각지에 보낼 때라고 말했어. 그리고 이제 대우가 나가면 하늘이 돕는다는 심정과 각오로 뛰라고 당부했지. 아마도 그 무렵 기업 총수들이 세계 제패의 결의를 다졌던 것 같아. 그리고 나서 대우는 세계시장 확대에 박차를 가하기 시작했어."

강민우가 말을 마치자 그때까지 듣기만 하던 장순걸이 나섰다.

"사실 그 이야기를 듣고 보니 나도 생각나는 게 있는데 언젠가 우리 선배 하나가 그 이야기와 연결된 이야기를 한 것이 기억나네요. 박정희 대통령의 거대한 꿈에 관한 이야기였어요. 바로 세계를 제패하려는 의지로 세워진 것 중 하나가 지금은 세계를 제패하고 있는 반도체 산업도 1987년 국내 최초 4MD램 개발은 ETRI전자통신이라는 거예요."

진혁은 장순걸의 말을 들으며 자신도 떠오르는 게 있었다. 바로 포항제철 초대 회장의 인터뷰 기사였다. 그가 불모의 포항 땅에 제철소를 건설할 때, 일본 등 선진국들이 기술도, 돈도 없는 나라가 제철소만 지으면 무엇하냐고 비웃었다고 했다. 그러나 무모할 정도로 강행한 제철소 건설은 그 후 어떻게 되었던가. 현재 포항, 광양제철소는 세계 최대의 제철소로 최강의 기술을 보유하고 전 세계의 바다에 떠 있는 선박 생산량의 40%를 만들게 한 밑거름이 되었다. 그런데 그가 제철소를 건설할 당시 박 대통령이 제철소 설립을 독려하며 했다는 말이 또한 이 세계 제패설과 연관이 있는 듯했다. 대통령은 철을 주무르는 최고의 기술을 우리가 갖게 된다면 우리나라는 초강대국으로 진입하는 지름길을 달리게 될 거라고 했다는 것이었다.

그때, 그들은 무엇에 사로잡혀 있었던 것일까? 남들이 무모하다고 손가락질하는 일조차 과감히 실행하게 했던 힘은 과연 무엇일까? 정말로 이집트의 신성문자에 그런 내용이 있었던 것일까? 아니면 나라의 경제를 일으켜 보겠다는 통치자의 절박한 시나리오였을까? 진혁은 무수히 머리를 들고 일어서는 의문들을 접어 두고 강민우에게 물었다.

"강 과장, 그때 보여주었다는 그 오벨리스크 사진 말이야. 한국에 돌아가면 그걸 구해서 볼 수는 없을까?"

진혁의 질문에 강민우가 웃음을 터뜨렸다.

"이 사람 보게, 또 뭔가에 꽂혔군. 그걸 보면 자네가 판독할 수는 있겠나?"

진혁은 진지했다. 그의 태도를 본 강민우가 웃음을 거두고 말했다.

"아마 찾아내기 어려울 거야. 그게 언제 적 얘긴가? 그렇지만 내가 한번 찾아보기는 하겠네. 장담은 못하니 기대는 말게."

식사를 마치고 방으로 올라간 진혁은 잠자리에 들기 전 내내 한 가지 생각에 사로잡혀 있었다. 자신에게 처한 특허 소송에 관련된 일을 이렇게 방치해 둘 수는 없다는 것이었다. 그러기에는 결코 이 소송이 사소한 분쟁이 아니라는 인상 때문이었다. 기술로 세계 제패를 꿈꾸었던 대통령과 기업들은 그 후 눈부신 성장을 거듭했었다. 그것이 신이 예견한 한 나라의 미래라는 설이 사실이건 아니건 당시 학자들의 설이 힘이 되었던 건 확실했다. 그 설은 기업 총수들을 고무시켰고, 통치자를 고무시켰으며, 그 결과 눈부신 성장을 이루도록 만들었다.

그러나 방해 공작도 만만치 않았다. 그 배후에는 언제나 앞으로는 웃는 낯으로 친절하게 손을 내밀며 뒤로는 장애물을 설치하는 강대국이 있었다. 패권을 넘겨주지 않으려는 장기간에 걸친 공작에 수도 없이 걸려 넘어지게 되면서 세계 제패의 꿈은 자꾸만 뒤로 밀려나고 있는 것이다. 지난 외환 위기가 그랬고, IMF가 그랬다. 거대한 검은 손은 언제든 이 작은 나라의 취약한 부분을 노려 파고들었고, 성장을 억제해 왔다.

지금 진혁이 제지당한 특허 소송 건도 그 한 부분이라고 그는 확신했다. 이 사건은 분명 기업과 기업의 분쟁으로 그치는 것이 아니었다. 어쩌면 역사의 분기점을 만들 수도 있는 그런 사건임이 분명한데 당장 눈앞에 닥칠 위험을 피하고자 미래로 가는 길을 닫아 두고 있는 것이다.

그는 잠자리에 누웠으나 잠이 오지 않았다. 그에게 특허 소송은 다시 다가와 그로 하여금 움직일 것을 종용하고 있는 것 같았다.

진혁은 이집트 여행과 프랑스 여행이 모두 거역할 수 없는 운명을 거스르고자 했던 자신을 힐책하기 위해 준비된 일정 같은 어이없는 생각까지 들었다. 수천 년 전 예견했던 미래의 어느 지점에 자신이 놓여 있고, 이 지점에서 맡겨진 역할이 있는데 소임을 다하지 않은 채 허투루 시간을 흘려보내고 있는 자신을 정신 차리도록 흔들어대는 망령을 만난 것 같은 기분이었다.

크리스티앙의 집을 떠나면서 사로잡힌 그런 생각들은 진혁을 단단히 옭아매고 있었다. 거의 뜬눈으로 밤을 지샌 진혁은 다음 날 아침 한국의 회사 동료에게 전화를 걸었다. 지적재산권 담당 허 과장에게 전화해 특허 소송에 관해 묻자 그는 침울한 목소리로 말했다.

"당연한 거 아냐? 1심에서 패했지. 정말 이해가 안 되는 일이야. 승리할 수도 있었던 소송이었는데, 다 된 밥에 코를 빠뜨려도 분수가 있지, 어째서 회사는 그런 결정을 내렸던 것일까? 아무튼 지금은 서로 눈치만 보고 있는 상태야."

진혁은 퇴사한 부장에 관한 소식을 물었다. 그러나 그는 아무것도 아는 게 없는 듯했다. 허 과장과의 통화는 진혁의 조바심만 키웠다. 통화가 끝나고 일행을 둘러보니 모두가 호텔에서 제공하는 아침을 먹으면서 이틀에 걸친 파리 여행 계획을 짜고 있었다. 이틀 후에는 스페인으로 갈 일정이 잡혀 있었다. 짧은 일정 내에 파리를 알차게 둘러볼 생각으로 파리 시내 지도 위에 머리를 맞댄 세 사람은 의견이 분분했다. 장순걸은 역시 술에 관련된 행보에 집착을 보였다.

"프랑스 하면 적어도 명품 와인 전문점 몇 군데는 들러야죠. 시음이 가능한지 모르겠네? 아이참! 왜 우리는 프랑스 여행 일정을 이렇게 짧게 잡은 거죠? 지방으로 돌며 포도밭을 둘러보고 각 샤또를 방문해야 여러 가지 와인을 시음해 볼 수 있는데. 할 수 없지 뭐. 와인점에서라도 싸고 좋은 와인을 골라다가 밤중에 실컷 마셔 보고 여길 떠야 한이 남지 않지"

서진민은 혼자서 들떠 있는 장순걸을 딱하다는 시선으로 바라보며 말했다.

"프랑스에는 와인만 있나? 저 많은 미술관들 중 몇 군데라도 둘러봐야지. 안 그래, 강 과장?"

강민우는 둘 다 별로 내키지 않는지 엉뚱한 데로 튀었다.

"난 세느강에 떠 있는 배 위에서 식사를 한번 해보고 싶은데. 시떼섬의 노트르담 성당도 가보고 싶고, 벼룩시장도 둘러보고 싶고…"

세 사람의 의견이 제각각 나뉘자 그들은 동시에 진혁에게로 시선을 옮겼다. 진혁은 골똘히 자신만의 생각에 빠져 있다가 더욱 엉뚱한 답을 내놓았다.

"난 아무래도 여기서 헤어져야 할 것 같아. 한 달 남짓 남은 기간 동안 한국으로 들어가서 해야 할 일이 있어. 우선 비행기 좌석이 있는지부터 알아봐야겠지만 어떻게든 구해서 가야겠어. 세 사람은 남은 일정 여행 잘 하고 헬싱키에서 다시 보세."

진혁은 말을 마치자마자 마음이 더욱 급해져서 자리를 차고 일어섰다. 장순걸이 진혁의 팔을 잡고 물었다.

"소송 건을 다시 물고 늘어질 작정이에요? 이집트 여행 내내 뭔가에 사로잡힌 것 같은 얼굴이더니 결국 결심한 거예요?"

진혁이 말없이 머리를 끄덕였다. 세 사람은 도저히 그를 막을 수는 없겠다는 인상을 받았다. 그들은 섭섭한 표정으로 진혁의 손을 잡고 인사를 나눴다.

"그럼 건투를 빌겠네. 헬싱키에서 보세."

마지막으로 강민우와 악수를 나눈 진혁은 곧바로 여행사를 찾아 나섰다. 그는 몇 군데의 여행사를 통해 알아본 결과 당장 하루나 이틀 만에 떠날 수 있는 비행기 표를 예약할 수 없다는 사실을 알아냈을 뿐이었다. 하는 수 없이 짐을 들고 공항으로 가 대기하는 수밖에 없었다. 그는 하루 하고도 반 나절을 대기한 끝에 대한항공 직원을 통해 이륙 직전에 취소된 자리 하나를 겨우 구해 한국으로 향할 수 있었다.

한국에 도착하자마자 그는 허 과장부터 만났다. 여행 가방을 끈 채 나타난 진혁을 보고 허 과장은 혀를 내둘렀다.

"아니 집에 가서 하루 쉬고 내일 만나자고 할 것이지 뭐가 그리 급했나?"

진혁은 대수롭지 않게 대답했다.

"내 성격 알잖나. 일을 앞에 두고 편히 쉬어질 것 같지 않아서 그러네."

허 과장은 헛웃음을 웃었다.

"일은 무슨 일? 자네는 MBA 과정을 마치는 게 일 아닌가? 제발 착각 좀 하지 말게. 이건 회사 일이야. 회사에서 자네를 편한 곳으로 떼어 보냈는데 왜 굳이 골치 아픈 일을 떠맡지 못해서 안달인가 말이야. 남들은 잘릴까 두려워 눈치 보며 견디고 있고 목 조심하느라 말 한마디도 함부로 못하며 살고 있는데 자넨 그나마 안전은 보장되잖아? MBA 과정에 보냈다는 건 목 잘릴 대상에서는 제외되었다는 뜻이잖아?"

진혁은 그의 질문에 어떻게 답을 할 수 있을까 생각해보았다. 그러나 그의 머릿속에서 조금씩 조각이 맞아가며 거대한 형태를 만들어가고 있는 과거와 현재와 그리고 미래가 연결된 국제 정세를, 그리고 자신이나 허 과장 같은 사람이 그 형태의 아주 작은 조각 중 하나이며 각자 역할을 어떻게 하느냐에 따라서 달라질 수도 있는 상황을 설명할 길이 없었다. 그는 설명하기를 포기하고 궁금한 사항부터 물었다.

"그건 그렇고, 특허 분쟁 상황이나 자세하게 설명해 주게."

허 과장은 못 말리겠다는 표정으로 한국특허법원 1심에서 패한 후 상고심이 진행 중인 상황을 설명했다. 미국으로 분쟁을 끌어내 진행하자던 일은 잠정적으로 미뤄졌고, 협조하겠다던 존슨 교수의 도움을 굳지 받지 않고 원래 진행하던 방식대로 거의 방치하다시피 둔 결과 패하게 된 것이라는 내용이었다. 상고심도 특별한 변수가 없는 한 패할 것이 자명하다는 것이었다. 그렇게 되면 단지 기간만 미뤄졌지 회사의 운명은 1년 반 전이나 달라진 것이 없는 셈이었다. 거대한 검은손에 운명을 맡긴 줄도 모르고 회사는 당장의 출혈을 막는 데만 급급하고 있는 중인 것이다. 이렇게 시간을 끌고 있는 동안 그들은 무엇을 준비하고 있는 것일까? 진혁은 당장 자신이 할 수 있는 일부터 시작하자고 마음먹었다. 어쩌면 작은 고리에 불과하다고 자신을 폄하하면서 아무것도 하지 않는 동안 커다란 고리가 떨어져 나갈 틈을 만들고 있는지도 모른다는 생각이 그를 몰아댔다. 허 과장은 혼자 생각으로 골몰하고 있는 진혁을 걱정스러운 눈빛으로 바라보다가 문득 생각났다는 듯이 말했다.

"아, 참. 자네가 김달수 부장 소식을 물어서 알아봤는데 그 양반 몇 달 전에 호주로 이민갔다던데? 갑자기 퇴사하게 된 것이 마음 쓰여서 나도 퇴사 직후에는 위로주나 살까 하고 몇 차례 전화를 했었는데 그때마다 받지 않아서 곧 잊어버렸었지. 회사 사람 중에 누군가가 강남백화점에 갔다가 우연히 만나 어떻게 지내냐고 하니까 곧 호주로 이민가게 되었다고 하더래. 그 소식을 듣고 몇 명이 모여 송별회를 해주겠다고 했더니 이민 준비하느라 일정이 바빠서 시간을 뺄 수 없다고 하고는 그냥 가버렸다는군. 물론 그렇게 퇴사 당했는데 회사 사람들과 어울리고 싶지는 않았겠지만 그래도 잘 지냈던 사람들에게까지 그렇게 냉담하게 할 건 없었을 텐데 하는 생각이 들더라고. 자네하고도 연락을 안 했다니 말 다 했지 뭐."

허 과장은 부장 얘기를 하면서 씁쓸한 표정을 지었다. 진혁은 그렇지 않아도 다음 날 부장을 수소문해서 만날 작정이었다가 김이 빠지는 기분이었다. 허 과장과 헤어져 집으로 가는 길에 진혁은 문득 국정원에 다니는 초등학교 동창 생각이 났다. 그는 동창을 만나 국내외 정세부터 알아보자고 마음먹고 전화를 걸어 다음 날 약속을 잡았다.

연락도 없이 불쑥 여행 가방을 끌고 나타난 진혁을 보고 그의 아내 한정임은 반가움과 의문이 뒤엉킨 복잡한 표정을 지었다. 딸은 오랜만에 보는 아빠의 얼굴을 낯설어하며 쭈뼛쭈뼛하다가 시험공부를 한다며 방으로 들어가 버렸고, 아들 상민은 사춘기에 접어들어 키가 커지고 어른스러워진 모습으로 오랜만에 나타난 아빠 곁에 말없이 앉아 있었다. 더 이상 어리광을 부리며 아빠에게 달려들지 않는 아들을 보며 진혁은 늘 자리에 없었던 아버지의 부재에 가족들이 얼마나 익숙해져 있는지를 쓸쓸하게 깨달았다. 진혁은 아내에게 갑자기 여행 일정을 바꾸게 된 사정을 짧게 설명했다. 한정임은 끝내 특허 소송 건을 다시 들고 온 남편을 걱정스러운 눈빛으로 바라볼 뿐이었다.

다음 날 진혁은 국정원 근처로 친구를 찾아갔다. 진혁이 국정원 정문 앞에 다다르니 낯익은 얼굴이 그를 불렀다.

"어이, 진혁!"

진혁은 반갑게 다가가서 친구의 어깨에 팔을 두르며 인사했다.

"찬후! 너도 나이를 먹는구나. 흰머리가 보이네."

김찬후는 덩달아 친구의 어깨에 팔을 두르며 오랜만에 만났으니 밥부터 먹자고 했다. 두 사람은 예전에도 함께 갔던 적이 있는 '옛날집'으로 찾아가 자리를 잡고 앉았다. 한동안 개인적인 안부들을 묻고 대답하는 사이 주문한 생등심과 막걸리가 나왔다. 김찬후는 옛날 생각난다며 옛날 도시락과 잔치국수를 추가로 주문하고 사발에 막걸리를 철철 따랐다. 진혁은 오랜만에 만난 친구가 추억에 젖으며 초등학교 시절 여자애들 이야기니, 옛날 먹거리 이야기를 하는 동안 맞장구를 치며 흥이 나게 들어주었다. 모처럼 만나서 대뜸 궁금한 것부터 물어 친구의 흥을 깨기 싫어서였다. 진혁의 속마음을 알 리 없는 김찬후는 누에고치 풀듯 초등학교 시절 이야기를 끝도 없이 풀어냈다.

"진혁아, 어린 시절 우리 무척 가난했지. 옛날 생각난다. 그리고 아! 그 뭐야 너 좋아했던 양조장집 딸 미숙이하고, 그 뭐냐? 할아버지가 예조판서를 지냈다는 문발리 고래등 같은 기와집에 살던 민… 아이 참, 기억이 가물가물하네."

진혁이 김찬후의 기억을 도왔다.

"민경희?"

"그래! 민경희였지? 그 애 이름을 기억하는 걸 보니 마음에 두었었던 게 사실이었구나? 미숙이는 너를 좋아하고 너는 민경희를 좋아했던 건가? 사실 나는 둘 다 좋아했지. 하하하."

진혁은 막걸리에 취해 유쾌하게 웃는 친구의 이야기를 어디에서 끊고 본론으로 들어갈지 고민 중이었다. 머릿속이 온통 소송에 관한 생각으로 꽉 차 있는 그에게 옛날이야기가 흥미로울 리 없었다. 그때 불쑥 김찬후가 뜬금없는 질문을 하는 바람에 진혁은 다시 과거 이야기 속으로 딸려 들어갔다.

"진혁아, 너 옛날에 소설가가 되겠다더니 그 꿈은 영 접었나? 백일장에서 상도 타고, 제법 글 좀 썼었잖아?"

진혁은 잠시 그런 꿈을 가졌던 때를 생각하며 막걸리 한 사발을 단숨에 들이켰다. 거나하게 취기가 돌자 그를 사로잡고 팽팽하게 조이던 끈 하나가 느슨하게 풀어진 느낌이었다. 진혁은 지독하게도 모두가 가난한 시절 태어나 꿈 같은 것과는 상관없이 주어진 일에 매진하며 걸어온 시간들을 기억했다. 그건 앞에 앉아 있는 친구 김찬후도 마찬가지 경우였다. 결혼 전에는 어떻게든 부모님에게 힘이 되는 아들이 되려고 애쓰며 살았고, 처자식이 생기고부터는 부양가족을 위해 꿈 같은 건 떠올려 본 적도 없었다. 진혁은 새삼스러운 얘기를 꺼내서 자신의 기분을 울적하게 만든 김찬후에게 막걸리를 한잔 가득 부어 안기며 미뤄왔던 마음속 이야기를 꺼집어냈다.

"야, 묵은 얘기 그만하고 요즘 국내외 정세에 대한 얘기나 좀 해봐."

김찬후는 흥이 확 깨는 얼굴로 쓴 입맛을 다시더니 막걸리 한잔부터 들이켰다.

"갑자기 국내외 정세는 왜?"

진혁은 그제서야 본론을 꺼내 놓으며 자신이 진행하다가 중단된 특허 소송 관련 이야기부터 이집트와 프랑스 여행 중에 느낀 자신의 생각들을 이야기했다. 긴 이야기를 다 듣고 난 김찬후는 싱겁게 반응했다.

"너무 심각하게 받아들이고 있는 거 아니야? 그 일 때문에 여행을 중단하고 한국으로 들어왔단 말이야? 그렇게 막강한 힘이 뒤에 버티고 있다면 그 흐름을 자네 힘으로 바꿀 수 있다고 생각해?"

진혁은 다소 역정이 섞인 목소리로 친구를 나무랐다.

"너같이 중요한 위치에서 나라 일을 하고 있는 사람까지 이런 사안을 대수롭지 않게 생각하고 있다는 게 나를 더욱 불안하게 만든다구. 이 일은 비단 한 회사와 회사 간의 분쟁이 아니란 말이야. 나라 전체가 흔들릴 일의 시작일 수 있어.

어쩌면 둑이 터지기 전에 시작된 작은 구멍일지 모른단 느낌이 들어서 그래. 지금 막지 않으면 구멍이 더 커진 다음엔 더 힘들여 막아야 하고 둑이 터진 다음엔 대책이 없어지는 거야. 이미 구멍은 보이지 않는 곳에서 더욱 커져 있을 거야. 나는 14개월 전에 말 한마디 못하고 헬싱키로 쫓겨 가버린 것이 이제 와서 말할 수 없이 후회되고 있어. 어떻게 하든 이 구멍을 막고 싶어. 그러니 네가 나 좀 도와줘. 나는 지금 누구의 손을 잡고라도 해결을 봐야만 한다고 생각하고 있어."

진혁의 지나친 의지 표명에 이해가 안 된다는 표정을 지으면서도 하는 수 없이 화제를 바꾸어 김찬후는 지난 2년간의 국내 정세에 관한 이야기부터 시작했다. 새 정부가 출범하면서 변하게 된 정치 상황에 대해서 설명한 그는 중요한 사안이 생각났다는 듯이 무릎을 치며 K텔레콤에 관한 정보까지 풀어 놓았다.

"아, 그리고 보니 공기업 성격이었던 K텔레콤도 사장과 임원진이 대폭 개편되었지 아마?"

김찬후의 말에 진혁의 눈이 빛났다.

"어떻게 개편되었는지 자세한 내용을 좀 알아봐 줄래?"

김찬후는 피식 웃었다.

"그거야 너희 회사 일인데 직접 알아보는 것이 더 쉽지 않겠어?"

진혁은 머리를 저었다.

"나는 지금 쫓겨 간 신세잖아. 어떤 인물로 바뀌었는지부터 알아야 나설 수 있어. 예전 임원진들은 어딘지 저쪽과 결탁했다는 냄새가 짙어. 알아보지도 않고 섣불리 나섰다가 아예 목이 잘리고 나면 오히려 아무것도 할 수 없어져. 그래서 지금 상황이 어떻게 달라졌는지는 알아보기 전에는 공식적으로 이 일에 나설 수는 없는 처지야. 한 달 남은 방학 동안 상황 파악이라도 확실히 해두고 상고심을 준비하려고 그래. 좀 석연치 않은 일도 있고 해서. 그러니까 그게 어떤 거냐 하면, 나와 함께 이 특허 소송에 참여했던 부장을 만나보려고 했는데 무슨 일인지 서둘러 이 나라를 떠난 흔적이 역력해. 아무래도 모종의 거래가 있었던 듯한데 그것이 회사 고위층과 이루어진 거래인지 아니면 상대 회사와 이루어진 거래인지 감이 잡히지 않는단 말이야. 어차피 고위층과 거래를 했다 하더라도 결과적으로는 A텔레콤과 연관이 있겠지만. 난 고위층까지는 매수되지 않았기를 간절히 바래. 그렇게 되면 일이 더 커지니까. 아무튼 거액의 자금이 갑자기 생겼다는 걸 보면 확실히 냄새가 나기는 한데 어떤 것을 두고 한 거래인지도 감이 잡히질 않아. 그런데 알아볼 길조차 막혀 버렸어. 호주로 이민을 갔다는데 진짜 이민을 간 것인지 아니면 국내 어디로 숨어버린 것인지 그것도 확실하지 않고… 회사 고위층 인사가 많이 개편되었다면 더욱 알아볼 길이 없어진 셈이지."

김찬후는 호기심을 보이며 다가들었다.

"그래? 그런 거라면 내가 좀 알아봐 줄 수도 있을 것 같은데? 어떤 인물이고, 인적사항이 어떻게 되는지 내게 알려줘. 이민을 갔다면 기록이 남게 되어 있으니 찾아보는 거야 어렵지 않을 거야."

진혁은 마음이 한결 놓이는 얼굴이 되어 친구를 바라보았다.

"고마워. 역시 오랜 친구는 이래서 좋아. 마음이 척척 맞는 게 더없이 안심이 되는군."

진혁의 치하를 들은 김찬후는 기분이 상승되어서 하지 않으려 했던 말들까지 털어놓았다.

"자식, 실은 나도 이번에 해외로 파견 나가게 되었어. 나가기 전에 여기서 알아볼 일은 최대한 빨리 알아봐 줄 테니 염려 말아. 해외로 나가게 되면 국제 정세에 대해서도 자주 알려주도록 할게. 정권이 바뀌기 전까지는 미국과 가까이하고 중국을 배척하는 식의 정치 판도였는데 요즘은 그렇지 않아.

분위기가 점점 5천 년 역사 동안 우의를 다져온 중국을 가까이하고 미국과는 거리를 둔다는 외교 전략으로 판도가 바뀌고 있어. 그래서 나도 공식적으로는 업무상 파견이지만 숨겨진 뜻은 미국에 관한 정보 수집에 차출된 거야. 사실 이런 이야기는 극비 사항이라서 발설하면 안 되는데 너니까 안심하고 말하는 거야. 넌 이미 정세 파악이 어느 정도 된 것도 같아서 숨길 필요도 없겠지만. 아무튼 어쩌면 너에게 도움이 될 만한 정보를 수집하게 될지도 모르겠다. 그러고 보니 우리의 인연도 인연이지만 일에 있어서도 보이지 않는 곳에서 서로 운명처럼 연결되어 가는 것이, 니가 말한 그 뭐냐? 역사의 거대한 덩어리 중 작은 조각끼리 연결 고리가 확실하게 매듭지어진 존재들인가 보다. 퍼즐로 따지자면 너는 내 옆구리에 맞춰져야 할 조각인 거지. 안 그러니? 하하."

진혁은 김찬후의 그 말이 그저 농담으로 들리지 않았다. 그는 한국으로 들어오기를 잘했다는 생각이 새삼 드는 중이었다. 그는 어두운 밤길에 등불 하나를 얻은 것처럼 마음이 한결 밝아졌다.

며칠 후, 김찬후는 미국으로 떠나면서 몇 가지 정보를 넘겨주었다. K텔레콤의 개편된 새 인물들에 관한 개인 정보와 정치적인 입장이 담긴 자료와 부장에 관한 정보였다. 부장은 확실히 3개월 전에 호주로 이민 간 것이 확인되었다. 그러나 연락을 취하는 데 필요한 정보는 없었다. 진혁은 부장에 대한 의문은 일단 접어두기로 했다. 궁금증을 풀기 위해 호주 땅을 뒤지고 다닐 수도 없는 일이었다. 상고심을 치르다 보면 어쩌면 드러나게 될 거라고 그는 생각했다. 진혁은 떠나는 친구를 배웅하며 미국과 A텔레콤에 관한 정보를 수집하는 대로 꼭 알려줄 것을 거듭 당부했다. 진혁은 김찬후를 보내고 그가 넘겨준 정보들을 토대로 생각을 정리해 보았다. 새로 개편된 사장과 임원진들은 정치적인 성향으로 보나 개인 정보로 보나 진보적 성향이 강한 인물들이었다. 아무래도 새로 출범한 정권에 맞추어 개편된 것이 분명했다. 그렇다면 헬싱키로 돌아가기 전에 새로운 임원진이라도 만나보고 아직 희망이 있을 때 상고심에 대한 준비를 조금이라도 해 두고 가는 것이 낫지 않을까 하는 생각이 들었다. 진혁은 우선 특허부 직원을 만나서 분위기 파악을 해보자는 결론을 내렸다. 그러나 생각은 저만치 앞서가고 있었지만 그의 몸은 여독이 쌓인데다 마음을 늘 긴장시키고 있었던 탓이었는지 자리에서 일어날 수 없었다. 열이 끓고 속까지 역겨워 음식을 제대로 넘기지 못하게 된 데다가 온몸이 흠씬 두들겨 맞은 사람처럼 욱신거렸다.

오랜만에 돌아온 남편의 상태가 그 지경이 된 것을 본 한정임은 몹시 속이 상한 목소리로 말했다.

"당신에게는 가족은 안중에도 없어요? 헬싱키에서 보내온 편지들을 보고 나는 당신이 조금 달라졌나보다고 생각하며 내심 기뻤었는데 이제 보니 달라진 것은 하나도 없군요. 집에 왔으면 식구들과 시간도 좀 보내고, 며칠 푹 쉬었다가 일을 봐도 늦지 않았을 텐데 뭐가 그리 급해서 하루도 집에 있는 날이 없이 눈만 뜨면 달려 나가는 거예요? 당신은 지금 여기 없어도 되는 인물 아닌가요? 방학 중인 사람이 회사에 다닐 때보다 더 바쁜 건 대체 어떻게 이해해야 하는 거냐고요. 당신 회사에는 일할 사람이 당신밖에 없나요?"

진혁은 할 말을 잃고 누운 채 안타까운 시선으로 아내를 바라볼 뿐이었다. 그의 눈은 움푹 꺼진 상태로 빛을 잃은 상태였다. 한정임은 심신이 지친 남편을 더 이상 몰아세워 봐야 달라질 것이 없을 것 같은 생각에 더는 무슨 말이든 보태는 것을 포기했다. 그녀는 남편을 병원으로 데려가기 위해 몸을 일으키는 것을 도왔다. 그러나 진혁은 몸을 일으키지 못하고 손을 내저을 뿐이었다.

"나, 그냥 집에서 며칠 쉬면 괜찮아질 거야. 파리에서부터 계속 깊은 잠을 못 자서 그래. 당신이 날 이해하기는 어렵겠지만 나로서는 지금 상황이 심각해. 그러니 이해해 줘.”

진혁은 열에 들떠 벌겋게 달아오른 얼굴을 다시 베개에 묻었다. 한정임은 원망하는 것조차 포기하고 파트타임으로 일하는 백화점으로 전화를 걸어 며칠 휴가를 낸 다음 남편 곁에서 병 수발을 들기로 작정했다. 이렇게 된 이상 그녀로서도 오랜만에 집에서 쉬며 주부 노릇이나 착실히 해보자는 생각이었다. 남편 없는 살림살이 몇 년에 그녀는 제대로 갖춰서 요리를 해본 지도 얼마 만인지 무엇을 해야 할지 가늠이 되지 않았다. 한정임은 우선 요리책들을 뒤져서 기운을 북돋우는 음식들 목록을 찾아 재료를 파악하고 장바구니를 들고 집을 나섰다.

진혁은 몸이 땅속으로 꺼져 들어가는 것 같은 나른함을 이기지 못하고 며칠을 계속 꿈결을 헤매었다. 가끔 멍한 상태로 깨어나 아내가 떠 넣어주는 죽을 받아먹고, 물과 약을 챙겨 줄 때마다 어린아이처럼 얼굴을 찡그리며 겨우 겨우 목으로 넘겼다.

사흘을 앓아눕고 나서 들끓던 열은 내렸지만 몸은 물먹은 솜처럼 무겁고 끝없이 잠이 쏟아졌다. 그러면서도 그의 머릿속에는 다시 헬싱키로 가기 전에 해 두어야 할 일들이 하나씩 떠올랐다. 비행기 표도 예약해 두어야 하고, 만나야 할 사람도 있고, 확인해볼 일도 남아있었다. 그는 몸을 일으켰다. 휴대폰을 찾아보았으나 어디로 치웠는지 보이지 않았다. 그는 몇 통의 전화를 걸어봐야겠다는 생각에 침대에서 나와 거실로 향했다. 그러나 몇 발짝 떼고 나니 눈앞이 캄캄하고 다리가 후들거렸다. 속도 다시 울렁거리는 것 같았다. 그는 다시 침대로 기어들어 가 몸을 웅크리고 누웠다. 귀에서 윙윙거리는 소리가 커졌다가 작아지고 주방에서 아내가 무엇을 하는지 달그락거리며 그릇 부딪히는 소리가 들려왔다. 그 소리는 그에게 묘한 안정감을 주며 늘 그를 긴장 시키던 불안감마저 소거해 버렸다.

'그래, 하루만 더 이 안락함을 누려도 괜찮아.'

진혁은 포근하게 몸을 휘감는 이불자락의 감촉을 느끼며 다시 꿈결 속으로 딸려 들어갔다.

여명이 밝아올 무렵이었다. 아니 백야 현상인가? 어슴푸레한 빛 속에 길이 하나 나 있는 게 보였다. 진혁은 길을 따라 무작정 걸었다. 나무들이 쓰러져 비스듬히 반대편 길옆 나뭇가지에 걸쳐진 채 길은 마치 터널처럼 좁아졌다. 그는 눈앞을 막는 잔가지들을 헤치며 곧 사라져버릴 것 같은 길을 빠져나가려 애쓰고 있었다. 되돌아갈까? 생각하며 뒤를 돌아보니 돌아가는 길도 마찬가지로 막혀 버렸다. 그는 차라리 나아갈 길을 열자고 생각하며 가지들을 부러뜨리고, 밀어내며 한 발씩 앞으로 나갔다. 오른팔이 몹시 욱신거렸다. 나뭇가지에 찔렸나? 생각했으나 상처를 확인할 시간이 없다고 그는 생각했다. 그는 아픈 팔을 들어 눈을 가리는 가지를 밀어내고 길을 빠져나갔다. 길 끝에 무언가가 보이는 것 같았다. 그는 안간힘을 쓰며 그것을 향해 다가갔다. 오른팔이 빠질 것 같은 통증이 몰려왔지만 고통을 해결하는 것보다 몇 보 앞에 다가와 있는 물체를 확인해야겠다는 마음이 더 급했다. 그는 죽을힘을 다해 물체 앞까지 다가갔다. 물체는 멀리서 보고 상상했던 것보다 훨씬 더 컸다. 자체적으로 빛을 내뿜고 있는 그것은 거대한 돌기둥이었다. 빛은 거기로부터 나와 어두운 길을 밝히고 있었던 것이었다. 황금빛을 띠고 있는 기둥에는 알아볼 수 없는 글씨들이 새겨져 있었다. 그는 문득 생각했다.

'나 이것을 알고 있어. 이건… 그래! 고대 오벨리스크야. 그런데 여기 새겨져 있는 글은 무엇을 뜻하는 것일까?'

손가락으로 글씨들을 더듬어 보았다. 그가 글씨들을 더듬자 구불구불한 획들이 뱀처럼 일어나 움직이기 시작했다. 그는 놀라서 뒤로 넘어졌다. 글씨들은 흩어졌다 모이고 휘어졌다가 펴지면서 무슨 형상인가를 만들고 있는 것 같았다. 그것이 무엇인지 알아보려 몸을 바로 세우려 했으나 몸이 움직여지지 않았다. 오른팔은 더욱 욱신거리기 시작했다.

"아니 왜 이렇게 불편한 자세로 잠을 자요? 여보, 눈 좀 떠 봐요. 몸을 바로 펴고 자요. 이 책들은 다 뭐야? 아픈 사람이 무슨 책을 이렇게 많이 갖다 쌓아놨어요? 팔이 책에 눌려서 손이 새파랗게 질렸네."

몸을 흔드는 아내의 손길에 눈을 뜬 진혁은 당장 욱신거리는 오른팔을 책과 몸통 사이에서 빼냈다. 피가 통하자 통증이 가셨다. 진혁은 '후유' 한숨을 내쉬었다. 한정임이 침대 위에 흩어져 있는 고대 역사서들을 차곡차곡 챙겨 들고 방을 나가려 하고 있었다. 진혁은 아내의 등 뒤에 대고 볼멘소리를 했다.

"에이, 조금만 더 놔두지."

남편의 어이없는 말에 한정임이 돌아서서 진혁을 흘겨보았다.

"뭐, 예쁜 여자와 애정행각을 벌이는 꿈이라도 꾸고 있었던 거예요?"

진혁은 피식 웃었다.

"생각하는 거 하고는. 신성문자 메시지가 막 판독되려던 참이었단 말이야."

한정임이 다시 남편을 흘겨보았다.

"이런 책들을 읽다 잠이 드니까 그런 꿈을 꾼 거지 메시지는 무슨 놈의 메시지예요?"

아내가 딱하다는 표정으로 방을 나가자 진혁은 자리에서 몸을 일으켜 방 안을 이리저리 걸어 보았다. 몸이 한결 가벼워진 느낌이었다. 대체 얼마 만에 이렇게 침대에 누워 몇 날 며칠을 자고 먹는 시간을 가졌었는지 까마득한 일이었다. 그러고 보면 몸이 스스로 버틸 힘을 얻기 위해 억지로 휴식기를 불러들인 것 같은 생각도 들었다. 집으로 돌아왔다는 안도감에 온갖 묵은 여독까지 합세해 그를 넘어뜨린 것이라는 생각을 하며 진혁은 모처럼 가벼워진 머리로 다시 생각을 정리하기 시작했다. 이제 일정이 빠듯했다. 한 학기만을 남겨놓은 MBA 교육 과정은 마쳐야 하니 헬싱키로 돌아가기 전에 계획했던 일들을 마무리해야 했다. 그는 모처럼 맛을 느껴가며 아내가 차려준 밥을 한 그릇 다 비우고 집을 나섰다. 여행사에 들러 헬싱키행 비행기 좌석도 예약하고 회사에도 나가서 분위기를 파악해볼 생각이었다.

실로 오랜만에 특허부 문을 밀고 사무실 안으로 들어선 진혁은 기분이 야릇했다. 분노로 가득해서 자리를 정리하고 이 사무실을 빠져나갈 때의 일이 엊그제 일처럼 그에게 다가왔다. 진혁이 제집인 듯 익숙하게 문을 열고 들어가 자신의 자리로 걸어가는 것을 지켜본 젊은 남자 하나가 자리에서 일어서더니 마치 잡상인이라도 대하듯 물었다.

"누구세요? 누구신데 남의 사무실에 함부로 들어와서 돌아다니시는 거예요?"

진혁은 갑작스런 질문에 대답을 못하고 오히려 되물었다.

"그러는 젊은이는 누군가? 신입 사원인가?"

젊은이는 진혁을 아래위로 한 번 훑어보더니 자신감 없는 목소리로 대답했다.

"네, 그렇습니다만."

진혁은 안색을 바꾸고 손을 내밀며 말했다.

"아, 그렇군. 나는 특허부 과장이네. 지금은 핀란드에서 MBA 교육 과정을 이수하고 있다가 방학이 되어 들어왔네."

그의 말을 들은 신입사원이 펄쩍 뛰며 손을 맞잡았다.

"아이구, 과장님. 말씀은 많이 들었습니다. 우리 부서의 핵이시라는 박 과장님이시군요? 저는 송시현입니다. 입사 일 년 차죠. 이 대리님이 일이 막힐 때마다 과장님을 몹시 그리워하시는 것 같던데요?"

진혁이 핵이라는 말에 웃음을 터뜨렸다.

"핵은 무슨, 핵을 유배시키기도 한다던가?"

눈치 빠른 송시현은 무슨 말인지 알아듣고 뒤통수를 긁으며 웃었다. 진혁은 일 잘할 것 같이 보이는 신입사원의 얼굴을 뚫어져라 바라보며 물었다.

"내가 몇 가지 알아볼 것이 있어서 왔는데 이 대리는 어디 갔나?"

송시현은 마치 군대의 신병이라도 되는 듯 몸을 꼿꼿이 세우고 대답했다.

"예, 이 대리님은 특허 일로 법원에 가셨습니다."

진혁은 앓고 난 뒤끝이 남아있어 서 있기가 힘이 들었다. 그는 의자를 끌어다가 신입사원 옆에 앉으며 말했다.

"그렇다면 자네밖에 없겠군. 나는 A텔레콤과의 특허 소송 상고심 상황에 대해 자세한 보고를 들어보려고 왔네. 자네가 그 내용을 내게 알려 줄 수 있겠나?"

진혁의 말을 들은 송시현이 갑자기 경계 태세를 보였다.

"보고 드리는 건 어렵지 않습니다만, 저는 박 과장님의 얼굴을 오늘 처음 뵙는 거라서요."

진혁이 너털웃음을 웃었다.

"아, 그렇군. 자네의 그 보안 태도는 아주 좋아, 좋았어. 가만있자, 그럼 내 신원을 보장할 만한 것을 보여주면 되겠군."

진혁이 신분증을 꺼내려 하자 송시현은 그것도 믿을 수 없다는 듯이 말했다.

"놈들의 첩보원이라면 신분증 쯤은…"

진혁이 다시 큰소리로 웃었다.

"자네 빈틈이 없는 사람이군. 아주 마음에 들어. 그럼…"

진혁은 전화를 들어 허 과장에게 전화해서 특허부로 와 줄 것을 요청했다. 잠시 후, 허 과장이 사무실 안으로 들어섰다.

"아니, 자네, 얼굴이 왜 그렇게 핼쑥해? 어디 아팠나?"

허 과장은 대뜸 안색부터 살폈다. 진혁은 질문에는 대답하지 않고 신입사원을 가리키며 말했다.

"우리 부서 앞날이 기대되는군. 젊었을 때 나를 보는 것 같은 사원이야. 자네가 당장 이 사람 앞에서 내 신원을 보장해주게. 그래야 업무 보고를 하겠대."

허 과장은 어떻게 돌아간 사정인지 알아차리고 웃으며 말했다.

"응. 송 군은 입사 성적도 최고였지. 이 사람 내가 우리 지적재산부로 데리고 오려고 욕심냈었는데 특허부로 보내더라고"

송시현은 또다시 뒤통수를 긁으며 진혁에게 사과했다. 진혁은 손사래를 치며 사과할 필요 없다고 말했다. 진혁은 허 과장을 보내고 업무 보고를 받았다. 내용은 그가 예상했던 대로였다. 특별히 1심을 뒤집을 만한 자료는 준비되어 있지 않았다. 이대로 진행하다가는 상고심에서마저 패할 것이 불을 보듯 뻔했다. 그는 특허법원에 제출하려고 준비하고 있는 서류들 중 몇 군데의 수정을 지시하고 보완할 점에 대해서도 지적해 주었다.

아직 시간은 충분히 남아있었다. 헬싱키 과정을 마치고 돌아와 일을 진행해도 좋을 만큼은 아니어도 어쩐 일인지 상고심에서 A텔레콤의 움직임이 둔해진 것이 보였고, 특별히 다른 사안을 제출한 자료도 없었다. 이쪽에서 반론을 제기해야 할 눈에 띄는 사안은 더 이상 내놓지 못하고 있는 모양이었다. 진혁은 김찬후로부터 A텔레콤의 동향 파악 소식이 도착하는 대로 1심에서 준비하다가 중단된 일들을 다시 추진하고 모든 일이 순조롭게만 이루어진다면 승산은 있다는 판단이 섰다. 그는 일단 헬싱키로 돌아갔다가 상황을 봐서 다시 들어오면 되겠다고 생각했다.

다음 날, 진혁은 특허부 이 대리를 만나서 다시 이야기를 나누고 자신이 헬싱키에 가 있더라도 수시로 연락을 취할 것을 약속 받은 후 대략적인 사태 파악을 일단락 지었다.

다시 헬싱키로 떠나기 전 진혁은 임원진에게 면담 신청을 했다. 새로 발령이 난 기술이사가 진혁의 면담 신청에 응해 주었다. 진혁은 그를 만나서 새로운 사실들을 알게 되었다. 그가 헬싱키로 보내지게 된 배후에는 역시 A텔레콤의 압박이 있었던 것이었다. 그들은 K텔레콤이 의존하고 있는 장비 공급 건과 비용을 놓고 고위층과 협상을 벌여 회유가 통하지 않는 진혁을 헬싱키로 보내도록 한 것이었다.

진혁은 부장에 관해 물었다. 이사는 잠시 생각하더니 대답했다.

"전임 특허부장은 회사에서 퇴사 위로금을 받고 떠난 것으로 알고 있네."

진혁은 그 문제에 대해 좀더 파고들었다.

"자세한 사항은 모르십니까?"

이사는 머리를 저었다.

"짐작하겠지만 전임자가 한 일은 서류상으로 드러나는 일에 관해서만 알고 있다네."

진혁은 더 물어봐야 알아낼 것이 없음을 직감하고 상고심에 관한 이야기를 꺼냈다. 그러자 기술이사는 미간을 찌푸렸다.

"뾰족한 해결책이 없어 고민 중이긴 하지만 저쪽에서도 그건 마찬가지여서 시간만 서로 지연 시키고 있는 중이지. A텔레콤은 최근 내부적인 문제가 발생해서 특허 관련 문제에 신경 쓸 여력이 없는 듯하네. 뭐 우리로서는 다행인 일이지만. 헌데 자네는 MBA 과정 교육 중인 것으로 알고 있는데 이렇게 방학 중에 나와서까지 회사 돌아가는 사정을 파악하려 하는 것을 보니 회사 일에 열정이 대단한 사람인가 보군?"

진혁은 그 말에는 대꾸 없이 다시 눈을 크게 뜨고 물었다.

"회사의 입장은 현재 어떤 겁니까? 상고심에서도 1심 협상 건에 부딪혀 손 놓고 패할 작정인 겁니까? 저는 이해가 가지 않습니다. 여전히 장비 수급 문제로 저들에게 쩔쩔매고 있다는 것이 말입니다. 왜 좀 더 근본적인 대책을 세우지 않는 겁니까? 예전 국내 납품 업체들 중 아직 살아남은 업체들과 손을 잡고 A사가 그랬던 것처럼 적을 따돌릴 때까지 고가 매입을 감수하면 되지 않습니까? 그 분야에 대해서는 제가 잘 몰라서 쉽게 생각하고 있는 면이 있을 수도 있지만, 방법을 찾아보면 분명 있을 겁니다. 어떤 경우라도 미국에 덜미를 잡히고 있는 것보다는 낫다고 생각합니다. 지금 이 특허 소송은 시작에 불과합니다. 상고심까지 우리가 지고 나면 저들이 어떤 횡포를 부려서 다시 가격을 올릴지 모릅니다. 그때도 저들이 우리 사정을 봐주면서 협상 테이블에 나와 앉을 것 같습니까? 기득권을 완전히 확보하고 나면 늘 안면을 바꾸는 게 저들입니다. 당장만 생각하고 더 큰 것을 내준다는 건 있을 수 없는 일입니다. 담장에 신경 쓰느라 대들보 아래가 썩어 내리고 있는 걸 모르고 있는 것과 같습니다. 이길 수도 있는 방법이 있는데 어째서 쓰지 못하게 하는 겁니까?"

진혁은 이야기를 하면서 점점 감정이 고조되어 안색까지 붉어지고 있었다. 그런 진혁을 물끄러미 바라보던 이사가 의아한 듯 물었다.

"자네, 정말 애사심이 대단한 인물이군? 지금 날 야단치고 있는 건가? 그건 그렇고, 좀 전에 상고심에 이길 방법이 있다고 했는데 그건 무슨 말인가?"

진혁의 눈이 더욱 커졌다.

"아니, 설마 아직 보고 받지 않으셨습니까? 제가 추진하던 일 말입니다."

이사의 표정은 더욱 의아해졌다.

"그건 불가능해진 일 아닌가? 원래 기술 개발자가 A텔레콤에 권리 양도를 했다고 들었네. 그러면 게임은 끝난 것 아닌가?"

진혁은 소스라치게 놀라 되물었다.

"그게 무슨 말입니까? 권리 양도라니요? 언제 그런 일이 일어났다는 겁니까?"

이사는 답답하다는 표정으로 말했다.

"자네가 헬싱키로 떠나고 부장이 퇴사하게 된 이유가 그것 아니었나?"

진혁은 얼굴이 하얗게 질렸다. 이런 눈가림이 있었다니 도저히 믿을 수 없는 일이었다. 그는 이 일이 어느 선에서 왜곡되기 시작한 일인지 궁금했다. 그는 흥분을 감추지 못하고 물었다.

"그럼 제가 헬싱키로 보내지고 부장님이 퇴사하게 된 것이 A텔레콤과의 협상 때문이 아니란 말씀이세요? 좀 전엔 그렇게 말씀하시지 않으셨어요? 아니, 그보다 이사님은 누구에게 그런 말도 안 되는 보고를 받으신 겁니까?"

이사는 의문으로 가득한 눈빛이 되어 말했다.

"전임 이사에게 업무 인계 받을 때 넘어온 서류에 그렇게 적혀 있었네. 협상 직전에 기술 개발자의 마음이 바뀐 것으로 보고되어 회사에서도 A텔레콤의 제의를 받아들이게 된 것으로 되어 있었네."

진혁은 한숨을 내쉬었다. 순식간에 그의 머릿속에서는 한심한 시나리오가 떠올랐다. 부장의 짓이었을까? 아니, 부장 혼자만으론 불가능한 일이었다. 이미 추진 허락이 다 떨어진 마당에 부장 혼자서 상황을 뒤집을 수는 없었을 것이다. 그렇다면 더 윗선까지 A텔레콤의 손길이 미쳤다는 얘긴가? 진혁은 머리를 한 대 맞은 것 같은 충격으로 머릿속 회로가 잠시 멈춘 것 같았다. 진혁이 발령 소식을 듣던 날 전임 기술이사의 태도도 어쩐지 마음에 걸렸다. 그러면 정권이 바뀌면서 달라질 인사 조치에 대해 미리 예상을 했을 수도 있겠다는 생각이 들었다. 어차피 회사를 떠날 작정들을 하고 일을 벌인 거라면 회사에서 챙길 퇴사 위로금만으로는 부족했단 말인가? A텔레콤 쪽에 시간을 벌어주기 위해 한 짓이라면 그날의 몸짓들은 모두 허위로 보여준 것들이란 말인가? 임원진이라는 사람들이 회사가 위기에 처하니까 구할 생각들은 하지 않고 제 살 궁리들만 한 것이 분명했다. 진혁은 발밑이 꺼져드는 것 같은 현기증을 느꼈다.

그는 목이 타들어가는 것 같은 갈증에 테이블 위의 물 잔을 들어 단숨에 들이켰다. 진혁은 마음을 가다듬고 차분히 이사에게 진실된 사실을 다시 알렸다. 다행히 A텔레콤이 내부적 문제로 움직임이 멈췄다면 지금이 사태를 뒤집을 준비를 할 시기이며 희망을 가져도 좋을 해결 방법이 있다는 것을 알렸다. 이사는 몹시 놀라워하며 회사의 입장에 대해 설명했다. 새로 개편된 사장 이하 임원진들은 기둥이 흔들리는 회사를 일으켜보라는 특명을 받고 투입된 인원들이라는 것이었다. 직책을 맡기 이전에 일어난 비리에 대해서는 모른 채 막중한 임무를 맡고 발령을 받아 왔지만 막상 일을 맡고 보니 해결책을 찾을 수 없어 막막한 상황이라는 것이었다. 그는 만일 위에서 이 사실을 알게 되면 진혁의 의견을 적극 수렴할 것이 분명하며 지원 또한 아끼지 않을 것이라고 장담했다. 진혁은 일단 헬싱키로 돌아가 MBA 과정을 마무리하며 A텔레콤 동향을 파악한 후에 상고심을 다시 진행 시키는 것이 좋겠다는 의견을 내놓았다. 또다시 A텔레콤 측에서 방해 공작을 벌이지 못하도록 표면적으로는 아무 대책도 세우지 못한 듯 보이면서 내부적으로 모든 준비를 소리 없이 진행 시키는 것이 좋겠다는 게 그의 생각이었다. 이사는 진혁의 생각에 찬성했다. 이사는 사장과 임원진들을 소집해 비밀회의를 거쳐 다시 새로운 국면의 상고심 준비를 허가받기로 하고 진혁은 헬싱키에서 김찬후를 통해 정보를 수집하고, 일의 방향을 잡는 쪽으로 잠정 결론을 내렸다.

이사와 헤어진 후 진혁은 믿었던 사람들에 대한 분노로 가슴 한쪽이 뜨겁게 달아올랐다. 그러면서도 한편으로는 이제라도 일을 해결할 방향을 잡은 것에 안도의 한숨이 새어 나왔다. 그는 남은 기간 동안 가족과 알차게 시간을 보내고 고향집의 어머님도 찾아뵙기로 마음을 정했다.

팍스 아메리카 CIA 보고서

　헬싱키로 돌아온 진혁은 MBA 과정을 계속하면서 다른 한 편으로는 상고심 준비에 열의를 다하고 있었다. 그는 멕시코의 김 박사를 통해 존슨 교수의 마음이 변하지 않았는지 알아보도록 했다. 김 박사는 그 일이 있은 후 존슨 교수에 대한 존경심이 깊어져 미국에 갈 일이 있을 때마다 컬럼비아대학에 들러 만나왔다고 했다. 그간 왕래하면서 친분이 생겨 존슨 교수의 생각이 변하지 않았다는 것을 알고 있다고 했다. 진혁은 한시름 놓았다. 그는 다른 한편으로는 지미 변호사에게도 전화를 걸어 다시 특허 소송을 준비하게 될 거라는 귀띔을 해 두었다.

　진혁은 이제나저제나 김찬후에게서 소식이 오기를 기다리며 교육원 생활을 계속하고 있었다. 가끔씩 한국 회사 측에서 송시현을 통해 상황 보고가 들어왔다. 진혁이 이사에게 이 일을 진행하는데 필요한 인물로 송시현을 천거했기 때문이었다. 회사에서는 진혁에게 모든 지원을 아끼지 않겠다는 의지를 표명했다고 했다. 앞으로 모든 보고는 송시현을 통해서만 하도록 했고, 회사 내에서도 이 일이 다시 소리 없이 진행 중이라는 것을 비밀에 부치기로 했다는 것이었다. A텔레콤의 귀가 어디에 붙어 있을지 모르는 상황에서 지난번과 같은 불상사를 막기 위한 대비책이었다.

헬싱키에서의 생활도 이제 막바지에 이르러 한국에서 온 동료 중 장순걸이 이미 과정을 마치고 귀국했고, 서진민과 강민우도 귀국을 한 달 앞두고 있었다.

세 사람은 시간이 날 때마다 모여서 이야기를 나누고 헬싱키 근교로 하루 코스 여행도 했다. 강민우는 장순걸이 수집해 둔 술을 모두 가져갈 수 없어 남겨놓았으니 마셔야 한다며 틈만 나면 술판을 벌이려고 했다. 그는 또 헬싱키에서 절대로 잊지 못할 추억을 만들어 가지고 가겠다는 일념으로 매년 벌어지는 젊은이들 축제에 참가해 술 박사 칭호까지 얻었다. 진혁은 이들과 이렇게 깊은 인연을 맺게 된 것이 행운처럼 여겨졌다. 장순걸이 떠나기 전 네 사람이 모인 자리에서 그들은 한국에 가서도 자주 모이고 서로 도움이 되는 일에는 적극 나서 줄 것을 다짐했었다.

시간이 쏜살같이 지나간다는 말을 실감하며 진혁은 하루하루를 바쁘게 보내고 있었다. 드디어 남은 두 사람이 한국으로 돌아갈 일정이 잡히고 떠날 날이 다가오고 있는 때에 진혁은 김찬후로부터 연락을 받았다. 김찬후는 꼭 전해야 할 자료가 있지만 자신은 미국을 떠날 수 없는 형편이라고 했다. 진혁은 두말할 것도 없이 자신이 찾아가겠다고 대답해 놓고 지도교수를 만나 급한 사정이 생겨 회사에 다녀와야 한다고 둘러댔다. 1주일의 시간을 얻어낸 진혁은 서진민과 강민우에게 한국에서 만나자는 인사를 남기고 다음 날 서둘러 미국행 비행기에 올랐다.

뉴욕의 번화가에서 진혁은 김찬후와 만났다. 김찬후는 첩보영화에 나오는 주인공처럼 선글라스를 쓰고 긴 외투의 깃을 세워 자신을 가리려 애쓴 흔적이 역력했지만 오히려 누구보다도 눈에 띄는 모습으로 나타났다. 진혁이 그의 모습을 보고 웃자 김찬후는 굳은 얼굴로 진혁을 지나치며 말했다.

"그냥 돌아서서 나를 따라 걸어."

진혁은 갑자기 긴장감이 몰려왔다. 두어 걸음 떨어진 채 친구를 따라 걸으며 진혁은 주변을 두리번거렸다. 김찬후가 걸음을 늦추고 다시 나직한 목소리로 주의를 주었다.

"두리번거리지 마."

진혁은 '이게 무슨 상황일까 하는 생각에 불안감이 엄습했다. 그러다가 문득 웃음이 나왔다. 아마도 김찬후가 장난을 치는 중일 거라고 여긴 진혁은 혼자서 삐죽거리며 새어 나오려는 웃음을 참으며 그를 따랐다. 초등학교 시절에 간첩 놀이를 하던 때가 생각났기 때문이었다. 김찬후는 그때에도 언제나 비밀경찰 노릇을 자청했었다. 진혁은 이제 제대로 의상까지 갖추고 실감나게 연기 중인 친구의 모습을 보며 결국 참지 못하고 큰소리로 웃어제꼈다. 그의 웃음소리에 김찬후가 놀란 눈으로 돌아섰다. 그는 여전히 굳은 얼굴로 물었다.

"왜 웃어?"

진혁은 더욱 큰소리로 웃으며 김찬후의 옆구리를 툭 쳤다.

"야, 그럼 이게 안 웃기냐? 너 정보 모으러 온다더니 실은 헐리웃 첩보영화에 엑스트라로 스카우트된 거 아냐?"

진혁의 말에 그는 화들짝 놀라 팔을 잡아끌고 눈에 띄는 식당으로 들어섰다. 식당으로 들어간 김찬후는 진혁을 구석의 빈자리에 앉혔다. 그는 입구가 보이는 자리에 앉더니 한동안 입구를 주시했다. 잠시 후, 그가 긴장을 풀며 진혁을 나무랐다.

"넌 내가 어떤 정보를 너에게 넘기려 하는지 알기나 해? 미국을 떠나기 전에는 절대 긴장을 놓지 마. 알았나?"

진혁은 김찬후의 태도가 장난이 아니라는 것을 깨달은 후에도 친구의 경계심이 지나쳐 보였다. 김찬후는 낯선 사람들로 붐비는 음식점에서도 경계의 눈빛으로 사방을 둘러보며 말했다.

"이거, 1급 정보 자료다. 그런데 나 여기 와서 정보를 수집하면서 너에 대해 다시 생각하게 되었어. 내가 한국을 떠나기 전에 니가 했던 말들이 자꾸 생각났거든. K텔레콤의 특허 분쟁이 회사와 회사 간의 단순한 분쟁이 아니라고 했던 너의 말은 정확했어. 이건 통상적인 소송이 아니라 세계 패권 싸움의 일환이야. 서막은 벌써 몇 년 전에 시작되었어. 여기 자료를 보면 알게 되겠지만 이건 국가 정보기관들까지 가세한 국가 대 국가 간의 대리전 성격을 띤 분쟁이야. 준비 단단히 하고 반드시 이겨야만 해. 너라면 할 수 있을 거야. 너는 이미 이 모든 상황을 예측하고 있었잖아. 난 시간이 없어. 돌아가 봐야 해. 여기서 너를 만났는데 밥만 먹고 헤어지려니 아쉽다. 그럼 새로운 정보가 수집되는 대로 다시 연락하마. 조심해서 돌아가. 누군가 너를 주시하고 있을지도 몰라."

김찬후는 첩보영화 배우처럼 나타나서 배우처럼 정보를 건네고 배우처럼 말하고 또한 배우처럼 깔끔하게 작별했다. 진혁은 뉴욕 거리에 나서서 김찬후의 말을 떠올리며 주위를 둘러보았다. 그러나 자신을 주시하는 것 같은 사람은 보이지 않았다. 저마다 목적이 달라 보이는 사람들이 자신의 목적을 향해 가고 있을 뿐이었다.

진혁은 김찬후가 건넨 자료를 품에 넣고 다소 비현실같이 느껴지는 거리를 걸어서 호텔로 향했다.

호텔로 들어간 진혁은 외투도 벗지 않고 침대에 걸터앉아 건네받은 자료부터 훑어보기 시작했다. 김찬후가 건넨 자료는 팍스 아메리카 CIA 보고서였다. 첫머리에 제목이 그렇게 달려 있었고 '새도우단'이라 이름 붙여진 단체에 관한 설명이 나열되어 있었다.

이 단체는 1990년대 초 동유럽 민주화에 따라 이념 논쟁의 좌우 대결 구도와 냉전 체제가 붕괴되면서 CIA 기능 중 일부 기능을 담당하던 조직, 즉 이념과 사상, 정치, 첩보 활동에 주력하던 조직에서 경제 첩보를 담당하는 조직으로 새롭게 탈바꿈한 것이었다. 이 조직이 담당하는 것은 미국 FBI와 미국 유수 기업들 간에 정보를 주고받으며 이른바 대외 안전단 역할을 하는 것이었다. 미국의 미래 경쟁 관계국들을 감시하고 제어하는 기능을 맡은 이 조직은 이에 협력하는 다른 나라의 조직까지 포함해 1992년 3월에 일명 그림자 조직으로 탄생하게 된 것이었다. 구소련의 붕괴로 이데올로기 싸움에서 승리한 존케넌 CIA 국장은 새도우단 단장으로 윌리엄 제퍼슨을 임명했다. 그는 향후 50~100년 이후 미국을 위협할 경쟁 대상 국가를 경제적 측면과 군사적 측면을 포함한 여러 각도에서 정보를 수집하고 분석하여 보고하라는 임무를 하달했다는 것이다. 그의 인물 평가 항목을 보니, 그는 그런 일에 탁월한 능력을 발휘하는 리더십을 갖춘 인물이었다. 윌리엄은 탁월한 판단력과 행동력을 동시에 갖추었고 신속한 정보 수집과 분석력을 높이는 조직을 구성하는 데도 뛰어나다고 되어 있었다. 그는 새도우단 단장으로 임명된 즉시 부서별로 조직을 체계화하고 기초 정보자료 수집에 들어갔다.

진혁은 여기까지 읽고 나서 잠시 생각을 집중해 보았다. 1992년이라면 A텔레콤이 K텔레콤에 중요 통신장비를 저렴한 가격에 공급하겠다고 제의해온 시기와 맞아 떨어졌다. 그는 온몸에 소름이 돋는 것 같았다. 자료를 든 손이 떨리면서 진혁은 혼잣말을 중얼거렸다.

"혹시 우리 회사 특허 소송에도 새도우단이 개입되었단 말인가?"

진혁은 가슴이 답답해졌다. 그는 잠시 자료를 내려놓았다. 외투를 벗고 셔츠의 단추를 느슨하게 푼 진혁은 창가에 놓인 2인용 테이블로 자리를 옮겨 앉았다. 그는 심호흡으로 긴장을 풀고 다시 자료를 집어 들었다.

윌리엄의 분석은 우선 크게 다섯 가지 분야로 나뉘어 있었다. 군사, 경제, 사회, 문화 그리고 기타 분야로 나누었다. 그는 이 다섯 가지 분야를 종과 횡으로 나누어 축이 되는 종에 과거와 미래를 그리고 현재를 횡으로 두고 분석했다.

군사력은 이데올로기 경쟁에서 승리한 미국이 경쟁국으로 러시아와 동유럽을 비교할 필요는 없다고 판단했다. 그는 일본이나 중국, 인도 등을 비교했는데 군사력은 중국, 첨단장비는 일본이 미국과 경쟁 대상으로 꼽히고 있었다. 결과적으로 비교 우위를 점령하는 것은 경제력이었다. 현재에도 그렇고 미래에 경제력을 좌우하는 것은 역시 첨단기술력이라는 결론이 내려졌다. 윌리엄은 다음 단계에서 첨단기술력으로 팍스 아메리카에 도전해 올 제3의 국가와 기업들에 관한 정보를 수집했다. 첨단기술력으로 미래에 떠오르는 국가들은 곧 목표로 지정되고 목표가 되는 나라는 곧바로 공격 대상이 되는 것이었다. 공격 방법은 경제력을 약화시키는 것이었다. 미 정보망과 미 기업, 안전보장이사회, IMF 등 미국의 영향력 하에 있는 세계기구들에 의해 선제적으로 치밀하게 파괴하는 것이었다.

기술력, 그리고 경제력이 미래 세계를 지배할 패권을 쥐게 될 거라는 윌리엄의 확신에 따라 CIA와 FBI는 미국과 세계 10개 중요 기관들의 자료를 받아 향후 선두에 서게 될 9개국에 관한 보고서를 작성했다.

자료를 보고 있는 진혁은 손에 땀을 쥐었다. 김찬후는 어떻게 이런 자료들을 수집하게 되었을까? 진혁은 문득 예전의 모습과는 많이 달라진 친구의 모습을 떠올려 보았다. 불과 몇 개월 전에 보았던 푸근하고 개구쟁이 같던 친구의 모습은 어디로 가고 눈빛마저 날카로워진 김찬후를 만나는 동안 진혁은 내내 웃음을 참고 있었다. 그의 행색 하며, 전에 없이 심각한 표정을 보고 진혁은 김찬후가 과장된 몸짓을 하고 있다고만 여겼었다. 그러나 자료를 읽는 동안 그가 왜 그렇게 긴장을 풀지 못한 채 자신을 대했는지 이해되었다. 그는 김찬후가 미국에 와서 하고 있을 일의 위험성을 생각하니 시종일관 장난으로 대했던 자신이 미안하게 여겨졌다. 진혁은 위험을 감수해준 친구에게 새삼 고마움을 느끼며 다시 자료로 눈길을 옮겼다.

다음 장을 넘기니 향후 선두로 꼽힐 9개국에 대한 보고서가 들어있었다. 얼핏 전체를 훑어본 진혁의 눈에 KOREA란 글자와 K텔레콤이라는 글자가 들어왔다. 그 글자들은 순식간에 그를 사로잡았고 자료를 붙잡은 손이 굳어졌다.

보고서에는 국가군별로 중국, 일본, 인도, 그리고 몇 개의 다른 나라들과 한국이 포함되어 있었다. 한국이라는 국가 명 옆에 덧붙여진 문구가 있었는데 '창조적 기술과 도전 정신으로 무장한'이라는 문구였다. 공격 대상 기업에는 삼성과 대우

그리고 K텔레콤 등이 올라 있었다. 대우는 세계 기업 사냥꾼이라는 별칭까지 붙어 있었다. 한국 내에서 위협적으로 성장하고 있는 기업이라는 것이었다. 전방위 수출 전략을 펼치고 있으면서 M&A 전략으로 타 국가와 기업을 위협하고 있는 기업으로 꼽힌 것이었다.

진혁은 K텔레콤에 관한 조사 자료를 눈여겨보았다. 첫 문장부터 끔찍했다. K텔레콤의 잠재력을 거세할 필요가 있음. 모든 산업의 핵심 경쟁력이며 심장이기도 한 통신 분야가 발전되고 세계 경쟁력을 갖게 되면 국가와 민족의 흥망성쇠를 좌우할 큰 밑거름이 되기 때문이라는 것이었다. 또한 K텔레콤은 세계 최고의 최첨단 IT 정보통신 기술을 기반으로 한국의 모든 기업에 첨단정보 통신기술을 제공함으로써 한국기업의 제품과 시스템에 초고속 성장을 돕는 혈액 역할을 하고 있다는 것이었다. 좌시할 경우 첨단기술로 장차 세계 패권을 위협할 가능성이 있는 국가로 분류되어 있었다.

다음 장에는 김찬후가 친필로 적은 글이 끼워져 있었다. 윌리엄의 보고서를 보고 난 CIA 국장의 반응에 관한 내용이었다. 국장은 미래에 경제 위협국에 한국이 끼어 있는 것을 보고 보고서를 믿지 못하겠다는 반응을 보였다는 것이다. 윌리엄은 자신의 보고서를 부정적인 시선으로 보는 국장에게 보고서가 정밀한 분석에 의해 작성된 것이므로 더 정확도를 높일 방법은 없다고 잘라 말했다. 이에 CIA 국장은 지금까지 지구상 민족과 국가 패권의 이동된 전제를 정확히 파악했다. 그는 국제기구 IMF와 타 부서에게 크로스 검증을 거쳐 CIA 안보위원회에서 심의를 하고 국무성에 참고 자료를 받아 더 정확도를 높이라는 지시가 내려졌다. 윌리엄은 국장의 지시대로 다시 검증에 나섰다. 그로부터 6개월 후 국장은 결국 보고서에 사인하게 되었다는 내용이었다.

뒤에 몇 장의 보고서가 더 있었다. 윌리엄이 국장에게 보고한 내용이 지도들과 미래 패권 국가에 대한 예측 안이 담긴 표와 2050년까지 내다본 국가별 분야별 첨단기술력 국민총생산, 1인당 GDP 보고서 등이 첨부되어 있었다. 진혁은 보고서들을 대략적으로 훑어보고 마지막 장으로 넘어갔다.

마지막 장은 'IMF 한국 식민지 계획'이라는 제목이 붙어 있었다. 진혁은 치가 떨렸다. 웃는 얼굴로 친구 하자며 손을 잡고 등 뒤에는 시퍼런 칼을 숨기고 있는 악마의 얼굴이 따로 없었다. 윌리엄은 한국의 약점을 정확하게 파악하고 있었다. 그는 한국기업들이 수출 의존형 성장을 계속하고 있다는 것에 주목했다. 수출 의존형은 반드시 달러가 유동적으로 흘러야 모든 경제가 돌아간다는 것에 초점을 맞춘 윌리엄은 원화 가치를 급락시킬 계획을 짰다. 한국에서 달러를 빼내는 방법으로 그는 헤지펀드들과 싱가포르 역외 선물시장을 흔들기로 했다. 그는 그 분야에 있어서도 치밀한 계획을 짰다. 다소 위험이 따르더라도 수익이 큰 투자 상품이라면 덥석 물고 보는 한국인들의 성향까지 꿰뚫어서 눈속임 된 투자 상품들을 개발하고 소문을 퍼뜨린 다음 제 발로 달러가 흘러나오게 하는 수법까지 쓰고 있었다. 보이지 않는 곳에서는 그렇게 달러가 빠져나가고 있었고, 서울 외환 시장에서는 거래시장에 외국계 은행들이 일제히 달러를 사들이고 원화를 내다 팔도록 했다. 미국의 거대한 손들의 힘을 빌려 블랙머니를 투입한 것이었다.

그 이후의 일은 진혁도 잘 알고 있었다. 불과 몇 년 전에 한국에서 겪은 일이었으므로 이들이 이런 공작을 펼쳐 초래한 결과를 모두 피부로 겪은 것이었다. 새로 취임한 김대중 대통령은 전임 대통령들이 지어 놓은 모래 위의 성에 입성했다가 취임과 동시에 성이 무너지는 것을 감당해야 했었다. 그는 패전을 인정하고 손을 들었다. 한국에 달러가 바닥났으니 구해달라고 미국과 세계에 호소했다. 미국과 IMF는 기다렸다는 듯이 세계화 국책사업을 위축시키겠다는 각서를 받아냈다. 한국은 각서를 쓸 수밖에 없었고 구제 금융을 요청했다. 세계 쟁패에 나섰던 기업 선단들은 철수하고 미국과 유럽계 기업에 헐값으로 매각되거나 M&A되었다. 그나마 탄탄한 경영으로 살아남은 그룹들은 공격적인 경영을 포기하겠다는 각서를 쓰고 스스로 위축되었으며 공격 1순위로 꼽혔던 대우는 GM 등에 넘어갔고, 계열사는 공중분해 되었다. 그외 건설업체들과 제과업체, 그리고 주류업체들까지 이 무시무시한 파도에 휩쓸려 도산하거나 문을 닫았다. 이 무렵 한편에선 쾌재를 부르짖고 있었을 얼굴들이 진혁의 눈앞에 떠올랐다. 그는 피가 거꾸로 솟구치는 듯한 분노를 느꼈다. 그는 자료들에서 잠시 눈을 떼고 창밖을 내다보았다. 뉴욕 거리의 거대한 빌딩들이 눈앞에 들어왔다. 저들은 얼마나 더 세상을 손아귀에 쥐고 주무를 수 있을 거라고 믿는 것일까? 그런 행각으로 세계의 엄청난 미움을 사고도 끝없이 패권을 유지할 수 있을 것으로 여기는 걸까?

진혁은 문득 팍스 아메리카 CIA 보고서의 한 페이지에 담겨 있는 내용을 펼쳤다.

대전제 첫째, 과거 역사의 패권은 창조적 기술의 우위가 패권을 결정짓는 중요 요소이다.

둘째, 이집트, 인더스, 황하, 유프라테스강 유역에서 일어난 인류문명의 패권이 일정한 지구 축, 북위 30도~45도로부터 좌측으로 돌아가고 있는데 주목해야 한다.

셋째, 한 번 패권국은 다시는 패권국이 되지 않았다.

넷째, 바다를 건넌 패권은 다시는 바다를 건너지 않았다.

다섯째, 한 번 패권은 영원히 지속된 적이 없다.

대전제 아래에는 미래 패권 국가 예측 안이 작성되어 있는데 그중 두 번째 안에는 미국 다음으로 패권을 쥘 국가로 중국과 한국을 예측하고 있었다. 진혁은 가난하고 힘없던 수십년 전에 비해 세계가 경이적으로 바라보는 초 기술 강국으로 일어서고 있는 한국을 생각해 보았다. 그는 이집트 유적 오벨리스크를 떠올렸다. 유구한 세월 저편에서 유적에 신성 문자를 새기도록 예언한 것은 사람이었을까? 신이었을까? 진혁은 그것이 누구든 상관없다고 생각했다. 그는 그것을 믿기로 했다. 아니 이미 믿고 있었다. 다음 패권국의 선봉 기업에 종사하는 자로서 그는 반드시 소송에 이길 수밖에 없는 운명을 타고났다고 믿었다. 다만 실천하는 일만이 남았을 뿐이었다. '승리가 저 앞에 준비되어 있는데 주자가 뛰지 않을 이유는 없다고 그는 마음속으로 생각하며 테이블 위에 널려 있는 자료들을 접어 가방에 넣고 자리에서 일어나 창문 너머 펼쳐진 뉴욕시를 내려다보았다. 한동안 뉴욕 시내를 내려다보던 그는 갑자기 팔을 펼치고 소리쳤다.

"기다려라. 곧 내게 안겨주었던 고통을 고스란히 되돌려주마!"

진혁은 혼자서 미친 듯이 외치고 나자 가슴속에 도사리고 있던 분노와 두려움이 동시에 사라지는 것 같았다.

다음 날, 그는 다시 헬싱키로 돌아오는 비행기에 올랐다. 헬싱키에 도착하자 그가 오기 몇 시간 전에 강민우와 서진민이 귀국길에 올랐다고 무하마드가 알려주었다. 진혁은 아쉬웠다. 두 사람과 나누고 싶은 이야기가 있었지만 한국으로 돌아간 뒤로 미뤄야만 했다. 그는 매일 헬싱키의 숲을 산책하면서 마음속에 뜨거운 불꽃을 일구고 또 일구었다.

그로부터 한 달 뒤 진혁은 MBA 과정을 모두 마치고 한국으로 돌아왔다. 곧바로 업무에 복귀한 그는 상고심에서 반드시 이기고야 말겠다는 집념에 사로잡혀 있었다. 한국으로 돌아와 첫 출근을 하자 상부에서 그를 불러 올렸다.

진혁은 특허 이사와 임원진들과 상고심에 관한 비밀회의를 가졌다. 진혁은 김찬후로부터 받은 정보 자료 중 회사와 관련된 사항을 보고했다. 임원진은 앞으로 가해질 회사에 대한 새도우단의 공격을 막아낼 수 있는 장기적인 방안을 모색하기로 하고 진혁은 소송에 관한 일에 전념하기로 했다. 회의를 마치고 내려온 그는 곧바로 지미 변호사와 연락을 취했다. 뉴욕에 갔을 때 그를 만나고 올까 고민했었지만 일 정도 너무 짧았고, 김찬후의 주의를 염두에 두고 행동반경 을 줄이자는 생각에 그냥 떠나는 것이 낫겠다고 생각한 것 이었다.

진혁은 지미 변호사와 정보를 주고받으며 일을 진행 시켰 다. 드디어 A텔레콤의 방해로 그동안 잠자고 있던 미국 현지 내에서의 소송이 다시 활기를 띠었다. 국내 상고심의 자문 변 리사도 새로 영입했다. 그는 상대가 파고들어 올 수 없도록 치 밀하고도 체계적인 대응 방안을 모색했다. 진혁은 먼저 한국 특허법원 1심에서 패소한 심판 결정문을 분석하기 시작했다.

송시현은 진혁이 없었던 기간 동안 나름대로 준비해 두었 던 서류들을 정리해서 보고하고 곁에서 모든 잡무들을 처리 해 주었다. 모든 사전 분석이 끝나자 미국의 K텔레콤 특허권 확인 심판 소송에 관한 면밀한 체크를 시작했다. 그는 1심에 서 패소한 심판 결정문에 대한 상고 이유서를 작성하고 존슨 교수의 연구 노트와 자필 서명이 들어간 학술지 논문을 증거 자료로 추가 제출하기로 했다. 진혁은 중요한 일에 참여하고 싶어 몸이 근질거리는 송시현을 불러 특허권 심판의 주요 항목이 된 INS 기술에 대한 권리청구 항을 3개 항목에서 7개 항목으로 보완하는 일을 맡겼다. 의욕이 충천한 송시현은 열의를 가지고 일에 착수했다. 진혁은 김 박사와 통화해 존슨 교수의 승인을 얻어 자료들을 받아 보내주고, 미국에서 이루어지고 있는 K텔레콤 관련 사건에 증인으로 출석해 줄 것을 부탁해 달라고 했다. 모든 일은 조용하고도 차질 없이 진행되었다.

이듬해 봄, 국내의 특허법원 상고심과 미국 현지 소송이 막바지에 이르렀을 때 김찬후로터 연락이 왔다. 진혁은 바쁜 와중에도 전화를 받고 곧바로 약속을 잡았다. 그는 급한 마음에 업무를 일찍 마무리하고 국정원 근처 강남의 '옛날집'으로 달려갔다. 김찬후는 뉴욕 거리에서 만났을 때처럼 눈빛은 날카로워져 있었지만 고국으로 돌아 온 탓인지 표정과 복장은 한결 편안해 보였다. 그는 진혁을 보자마자 대뜸 의미심장한 말부터 날렸다.

"우리나라 사람, 애국자 아닌 사람 없지만 전부 독립투사일 필요는 없어. 독립 운동하는 사람은 독립 운동을 하고, 농사짓는 사람은 농사를 짓는 게 바로 애국이지."

진혁은 갑자기 달변가가 되어버린 친구의 손을 잡으며 물었다.

"이제 아주 들어온 거야?"

김찬후가 머리를 저었다.

"아니, 잠시 들어 온 거야. 일정이 빠듯한데 너에게 전해 줄 것이 있어서 불렀어."

진혁의 눈이 빛났다. 김찬후는 메고 왔던 크로스백에서 서류 봉투 하나를 꺼내 진혁 앞에 내려놓았다. 진혁은 급한 마음에 봉투를 열어 서류를 꺼내 보았다. 김찬후가 그런 진혁을 보고 농담을 건넸다.

"어이구, 월급봉투 받아든 마누라 같네. 남편에게는 관심도 없고 봉투에만 관심이 있구만? 나 배고파. 밥부터 시키고 얘기하자구. 미국에 있을 때 여기 밥 생각이 얼마나 간절했는지 알아?"

진혁은 잠시 미안한 마음이 들었지만 이미 서류를 꺼내 들고 눈으로 제목부터 훑으며 말했다.

"알아서 시켜. 난 월급봉투만 있으면 돼."

진혁은 대략적인 내용을 훑어보았다. 첫 장에는 2050년 한국에 대한 경제 비전을 예측해 보고한 국정원 자료 내용이 들어 있었다. 첫 장의 내용을 훑어보고 눈이 휘둥그레지는 진혁의 표정을 지켜본 김찬후가 메밀전과 함께 먼저 나온 막걸리를 자작으로 따라 마시면서 말했다.

"놀랍지? 우리 어렸을 때 생각해 봐. 하루 세 끼 먹기도 힘든 시절이었는데 지금 같은 세상이 올 걸 꿈이나 꿨었나? 그러나 상상 이상의 세상에 우리는 와 있어. 그러니 앞으로 3~40년 후에는 어쩌면 거기에 예측한 것보다 더 다른 세상에 가 있게 될지도 모르는 일이지. 그때까지 우리가 살아 있기는 할까? 그때에는 우리 2세들이 꾸려가는 세상에 우리가 얹혀 있는 신세가 되어 있겠지? 그 세상을 보고 싶거든 너도 일에 미쳐 지내는 것 어지간히 해 둬. 쳇, 그런 자료를 갖다 안겨주면서 이런 말 하면 뭣하겠냐만…"

진혁은 막걸리를 부어 마시면서 혼자 떠드는 친구를 흘깃 쳐다 볼 뿐 눈은 계속해서 서류를 더듬고 있었다. 그는 음악소리와 다른 테이블에서 들려오는 소음들 때문에 집중이 잘 안 되는지 조그맣게 소리 내어 자료를 읽기 시작했다.

"아시아와 유럽, 북미를 잇는 대한민국의 2050년 1인당 국민소득이 초선진국에 근접한 10만 달러. 작지만 강하고 부강한 나라. 인구 10명 중 1명은 코시안이라고 불리는 아시아계 혼혈이 차지할 것으로 예측. 남은 과제는 '고령화 극복'이다."

진혁은 거기까지 읽고 나서 중얼거렸다.

"흥, 극복하려면 지금쯤 거리엔 아가들로 북적거려야 하는데 벌써 애들이 귀해진 걸?"

진혁은 앞에 놓인 빈 사발에 막걸리를 스스로 부어 절반쯤 들이켰다. 그가 다시 서류로 눈을 돌리려는데 주문한 밥이 나와 상이 차려졌다. 김찬후는 코로 냄새를 한 번 훑더니 감동어린 목소리로 말했다.

"음, 이거야, 이거. 세상이 아무리 첨단으로 흘러가도 음식은 역시 이렇게 먹어야 제맛이지."

그는 젓가락을 들어 행복한 표정으로 식사를 시작했다. 진혁은 젓가락을 들 생각도 하지 않고 자료를 다시 집어 들었다. 보다 못한 김찬후가 젓가락을 내려놓고 말했다.

"야, 그 앞장 하단에는 국정원에서 내린 지시사항이 적힌 거야. 이건 공식적으로 넘겨주는 서류다. 주요 첨단 기술의 해외 유출을 막기 위한 국내외 전방위 정보망을 구축하기 위해서 너희 같은 회사가 특허 기술 분쟁에서 패하지 않도록 관련 정보를 은밀하게 제공하라는 지시가 내려졌어. 새도우단은 생각보다 미세한 부분까지 그 세력을 뻗고 있어. 게다가 세계적으로 숨은 큰손들인 유태인 부호들과도 줄이 닿아 있지. 경우에 따라서는 그들의 자금을 동원하기도 하는 것 같아. 아직은 저들이 패권을 잡고 있으니까 큰손들도 공생관계를 유지하는 거지. 그러나 큰손들은 세계 경제 정세에 누구보다도 예민한 후각을 뻗치고 있는 사람들이니까 패권이 장차 중국으로 이동할 것이란 전망에도 신경을 쓰고 있을 거야. 사실 우리가 수집하는 정보보다 한발 앞서 물밑에서 이루어지고 있는 변화는 표면으로 드러나기 전에는 그게 어떤 것일지 알 수 없는 부분이 있지. 미국이 가장 견제하는 것도 지금은 중국이지. 그래서 일본과 손을 잡고 중국의 대미 흑자와 환율 정책을 공격하고 있는 거잖아."

진혁은 신문에서 읽은 미국 대통령의 중국 위안화에 대해 입장 표명한 기사를 기억했다. 그는 중국의 위안화 정책은 대단히 불공정하며 미 행정부는 위안화 문제에 대해 적절히 대처하겠다고 함으로써 중국의 위안화 절상을 요구한 내용이었다.

김찬후가 진혁의 표정을 읽으며 이야기를 계속했다.

"물론 중국은 만만한 상대가 아니지. 지금 묘한 자세를 취하며 위안화 평가절상 요구에 응하기를 미루고 있어. 그래서 특히 중국으로 통합 IBEC 기술이 넘어가지 않도록 보안을 철저히 해야 한다는 거야. 세계의 원성을 들으면서도 결정을 미뤄가며 그들이 뭘 준비하고 있는지 알 수 없으니까. 세계 최대 경제 강대국으로 가고자 하는 그들의 열망도 최고치에 달한 때잖아. 아, 그래서 말인데 너희 회사에도 새도우단에 매수된 스파이가 있을 수 있어. 각별히 보안에 신경을 쓰라구. 지난번 1심을 엉뚱하게 어그러뜨린 것도 미리 모든 움직임을 파악한 그들이 발 빠르게 움직였기에 가능했던 거 아니겠어?"

"스파이라구? 그건 염려 마. 안 그래도 그 때문에 힘든 일을 몇 사람이서 보안을 유지하며 처리하느라 죽을 지경이니까."

그렇게 말하면서도 진혁은 잠시 머릿속에 전임 부장의 얼굴이 떠올랐다. 의심의 여지가 없이 모든 연기를 해낸 그를 생각하면 도대체 누구를 믿어야 할지 알 수 없다는 생각이 들었다. 김찬후는 다시 젓가락을 들었다.

그 뒷장부터는 A텔레콤에 관한 정보가 들어 있어. 그거 읽기 시작하면 너 밥 못 먹는다. 그러니까 제발 이 맛있는 밥부터 좀 맛나게 먹고 이야기하자."

진혁은 텔레콤에 관한 정보라는 말에 귀가 쫑긋해졌지만 친구의 눈치를 보며 서류를 내려놓고 젓가락을 들었다. 두 사람은 사적인 안부를 물어가며 오랜만에 행복한 식사를 했다.

밤늦게 집으로 돌아온 진혁은 외출복을 벗자마자 서류를 들고 서재로 들어갔다. 그의 아내는 그런 남편이 못마땅해 서재 문을 열고 등 뒤에다 잔소리를 퍼부었다.

"그놈의 회사가 사람 잡겠네. 아니, 어째서 이 시간에 집에 들어오면서까지 일을 들고 와요? 당신 요즘 거울 본 적 있어요? 얼굴색이 말이 아니에요. 그게 산 사람의 얼굴이에요? 이젠 애들도 길에서 만나면 아빠 얼굴 못 알아 볼 거예요. 헬싱키에서 돌아와서부터 지금까지 뭐에 홀린 사람처럼 일만 쫓아다니고, 잘 때도 헛소리를 하질 않나, 허구헌날 오밤중에 들어와서 잠만 자고 나가니 식구들끼리도 낯설 지경이라고요. 제발 일 좀 줄이고 건강 체크 좀 해 봅시다."

아내의 잔소리에 진혁은 이맛살을 찌푸리고 더럭 역정을 냈다.

"그만해! 나 지금 국정원에서 제공한 중요 자료를 보고 있다구. 이 소송에서 지면 어차피 난 살아도 산목숨이 아니야. 당신 알기나 해? 여기에 우리 애들의 미래가 걸려 있어. 장차 어떤 세상으로 가게 될지 판가름이 날 수도 있는 일이라구. 이 재판에서 이기면 그때는 당신 하라는 대로 다 할게. 그러니 지금은 그 문 좀 닫아줘."

진혁의 말이 끝나기도 전에 서재 문이 '꽝' 하고 닫혔다. 진혁은 흥분으로 머리가 지끈거렸다. 그는 검지로 관자놀이를 눌러가며 격앙된 마음을 가라앉히고 서류를 넘겼다.

김찬후의 말대로 다음 장에는 A텔레콤에 대한 정보가 요약되어 있었다. 진혁은 눈이 침침해져 글씨가 퍼져 보이는 서류를 안간힘을 쓰며 읽어 내려갔다.

1885년 미국 뉴욕시에서 전화기의 세계 최초 발명가 알렉산더 그레이엄벨에 의해 설립. 20세기 초엽 미국정부와 협상 결과 전화 통신사업의 독점권을 확보함. 1970년대 초 반독점 소송 결과 회사가 해체 위기를 맞음. 이후 지역 벨 전화 회사 8개사와 연구 개발 부문 사업으로 분리되었다. A텔레콤은 장거리 통신서비스로 막대한 이익을 내자 미국정부는 통신 서비스를 독점에서 시장 경쟁 체제로 전환 MCI 스프린트 등의 경쟁사가 설립됨. 1990년대 후반 대규모 방송 케이블TV 회사인 미디어원을 사들여 통신 케이블 시설을 전국에 보유. 그 시설을 이용 고속인터넷 통신사업과 전 세계적으로 통신용 장비를 판매. 다국적 기업으로 성장하였으나 M&A 비용 확대 등 재정 압박으로 2000년 초에는 케이블 부문과 장거리 통신 사업 부문을 일부 매각하였음.

진혁은 간신히 A텔레콤에 관한 정보를 읽어 나가다가 잠시 눈을 감았다. 글씨가 어룽거려서 두통이 더 심해진 까닭이었다. 그는 눈을 감은 채 몸을 뒤로 젖히고 어깨를 펴 보았다. 아내의 말대로 요즘 건강 상태가 나빠진 건 스스로도 느끼고 있는 중이었다. 그는 아내에게 역정을 낸 것을 후회했다. 함께 사는 배우자로서 걱정스런 마음에 그만한 잔소리도 못 한단 말인가? 그는 마음 상하지 않게 말할 수 있었음에도 언성을 높인 것이 다 피로 탓이라고 생각하며 아내 말대로 시간을 내서 검진을 받아 봐야겠다고 생각했다.

눈을 좀 쉬고 나니 두통이 덜해진 것 같아 진혁은 다시 서류를 한 장 넘겼다. 다음 장을 본 그의 눈이 커졌다. 거기에는 CEO가 자주 바뀌고 신사업 실패 등으로 적자가 확대되는 등 A텔레콤의 약점에 대한 내용이 담겨 있었다.

진혁은 갑자기 두통이 날아가는 것 같았다. 어쩐지 이쪽의 움직임을 감지하지 못했을 저들이 아닌데 여지껏 방해 공작도 없이 조용했던 것이다. 운명이 다해 가고 있는 패권국의 모습이 이제부터 드러나는 것인가? 하는 생각을 하며 진혁은 그 아래 친필로 적은 김찬후의 메모를 보았다.

A텔레콤은 이제 INS 특허 분쟁과 관련된 통신장비 생산 판매 쪽은 비중을 약간 축소할 것 같아. 그 대신 미래 초고속 인터넷과 슈퍼 스마트 휴대폰 기술로 세계 석권을 위해서 애플과 연합하여 극비리에 연구 개발을 추진 중이라는

정보가 있어. 개발할 기술 내용은 극비로 처리되고 있어 알아낼 수가 없었는데 그 분야 전문가의 말을 들어 본 즉, New Wibro와 Wi-Fi 기지국 기술 그리고 초반도체 기술로 추정된다더군. 우리 정보원이 계속 추적하고 있으니 상세한 정보가 나오면 다시 알려 줄게. 너희 회사도 국내 회사, 삼성이나 LG 등과 공동으로 뭔가 대응책을 모색해야 할 것 같다. 그럼 몸조심하고 다음에 들어오게 되면 함께 우리 아들들 데리고 고향 마을 강가에 가서 낚시나 하며 하루쯤 즐겨 보자. 이렇게 살다 보니 그런 한가한 시간을 꿈으로 꾸는 지경이 되는구나.

김찬후의 메모를 읽으며 진혁은 또다시 뉴욕에서 보았던 친구의 모습을 떠올렸다. 그는 지금쯤 다시 첩보영화의 주인공 같은 모습을 하고 뉴욕 거리를 떠돌고 있을까? 그의 머릿속에는 한강 하구의 늪지대에서 고향 친구와 낚시하는 자신의 모습을 그리며 날카로운 눈매로는 괴물처럼 그를 압도하는 뉴욕의 빌딩들을 일별하며 어딘가로 향하고 있을까?

진혁은 의자에 몸을 깊숙이 묻고 다시 눈을 감았다. 그리고 고향 강가의 진흙 냄새와 수초들의 살랑거림을 느껴보려고 머릿속의 복잡한 생각들을 비워 냈다.

'고즈넉한 오후의 햇살 아래 어깨를 나란히 하고 앉은 두 남자가 보였다. 챙이 있는 모자를 눌러쓰고, 흐르는지 멈춘 것인지 모르는 물살 위에 미동도 없이 떠 있는 찌를 바라보며 낚여도 좋고 낚이지 않아도 좋은 시간들을 마냥 흘려보내고 앉아 있는 모습이 그려졌다. 아이들은 수초 사이로 난 사잇길을 뛰어다니며 장난질을 치고 멀리 수면 위로 물고기 한 마리가 솟구쳤다가 물속으로 사라지며 낚시꾼들을 조롱하고 있지만 아무래도 좋았다. 그 친구와 그렇게, 거기서 어깨를 나란히 하고 앉아 있는 것만으로도 가슴속이 무엇인가로 꽉 차오르는 것 같은 만족감이 두 사람을 사로잡을 테니까.'

진혁은 온몸의 긴장이 풀리고 졸음이 몰려왔다. 그때, 서재의 문이 살그머니 열리는 소리가 나고 늦은 밤 학원에서 돌아온 그의 딸 선미가 들어와 가만히 아빠의 어깨를 흔들었다.

"아빠, 침대로 가서 주무세요."

진혁은 딸의 목소리에 퍼뜩 깨어나서 의자에서 일어섰다. 언제 그렇게 자랐는지 숙녀 티가 나기 시작하는 딸을 물끄러미 바라보다가 그는 아이의 손에 이끌려 서재를 나갔다.

진혁은 전날 김찬후로부터 받은 자료들에서 현재 A텔레콤에 관한 정보가 파악되었으므로 다소 불안감이 해소되었다.

'적을 알고 나를 알면 백전백승'이라 했던가? 적을 알았으니 이제 나를 정확하게 알 차례였다. 그는 A텔레콤의 주장에 대한 반박문을 작성해서 보낸 것을 다시 열어 보았다. 발명자는 애초에 A텔레콤이 아니라 다른 사람이라는 것을 입증하는 자료와 증인을 세웠지만 특허권이 A텔레콤에 있는 한 K텔레콤에 대한 특허권 침해 사실을 반박할 명징한 해답은 아직 미비한 상태였다. INS 기술은 분명 K텔레콤의 기술진이 개발한 것은 사실이지만 시기적으로 K텔레콤의 특허권 취득 시기보다 늦은 것이니 법원이 A텔레콤의 손을 들어줄 여지는 남아 있었다. 진혁은 이 부분을 어떻게든 해결해 내야 했다. 저들이 믿고 있는 부분도 바로 이 점일 것이었다.

진혁은 얼마 남지 않은 판결 날짜를 꼽아 보며 상대의 주장에 마지막으로 박아줄 쐐기를 준비하려고 남은 여력을 다 짜내고 있었다. 그때, 헬싱키 MBA 동기인 강민우에게서 전화가 걸려왔다. 서진민, 장순걸 모두 시간을 맞췄으니 진혁만 참석하면 모두 모이게 된다는 것이었다. 진혁은 시간이 없다는 생각에 마음이 조급했지만 헬싱키를 떠난 이후 처음 갖는 모임부터 빠지고 싶지 않아 갈등하고 있었다. 그의 갈등을 눈치 챘는지 강민우가 강력한 미끼 하나를 던졌다.

"아마 안 나오곤 못 배길 걸? 여기 내 책상 위에 무엇이 있는지 안다면 말이네. 내가 이걸 찾아내느라 얼마나 고생했는지 아나? 자네의 부탁이 아니었다면 벌써 나 몰라라 했을 텐데 대단하신 박 과장 부탁이라 내가 신경 좀 썼지.”

진혁은 목소리 톤을 높이며 물었다.

“그 사진? 그걸 찾았나?”

강민우는 특유의 으스대는 성격을 감추지 못하고 전화를 통해서도 드러냈다.

“내가 누군가? 정보력 하면 또 이 강민우지. 아무튼 내일 모임에 나오지 않으면 이건 절대 제공되지 않음을 밝혀 주는 바이네. 그럼, 장소와 시간을 말해줬으니 이만 끊겠네.”

진혁은 다음 날 모임에 나갔다. 헬싱키 생각이 물씬 나는 세 사람의 얼굴을 보니 아무리 시간이 없어도 나오길 잘했다는 생각이 들었다. 장순걸은 오랜만에 만난 룸메이트를 포옹까지 하며 반겼다. 네 사람은 오랜만에 만난 회포를 풀고 함께 술을 곁들인 저녁을 먹으며 사우나 하던 때의 이야기로 화제를 시작했다. 장순걸은 여전히 술을 좋아해서 반주로 곁들이는 술을 세 가지 종류나 주문했다. 그것을 지켜본 세 사람이 저마다 만류하자 그는 나름대로 격식을 갖춘 대답으로 반대 의견을 잠재웠다.

“왜들 이래요? 다 생각이 있어서 주문한 거니까 아무 말

말고 드셔 보세요. 우선 '식전주'는 상큼한 술이 제격이죠. 식욕을 당겨 주고 위에서 음식을 받아들일 준비를 도와주니까요. 그런 다음 반주로는 음식 맛을 해치지 않도록 깔끔하고 향이 없는 술이 좋고요, '식후주로는 뭐니 뭐니 해도 좀 달콤한 것이 좋지요. 입 안에 남은 음식의 잔 맛을 정리해 주고, 포만의 행복감을 한층 고조시켜 주지요."

그의 주(酒)론이 모두 끝나자 과연 그런지 검증을 거치기 위해서라도 세 가지 술이 필요하겠다는 생각에 모두 동의했다. 진혁은 자리가 안정되면서부터 줄곧 강민우가 가져왔을 사진을 빨리 받고 싶은 마음이 고개를 들었지만 심술궂은 강민우는 짐짓 모른 척 수다만 앞세우고 있었다. 그는 식후에 2차로 옮긴 자리에서 추억담도 거의 바닥나고, 모두들 업무를 마치고 온 자리라 피곤도 몰려올 즈음 사진을 꺼내 놓았다. 진혁은 사진을 내놓자마자 낚아채듯 받아서 먼저 오벨리스크 사진부터 확인했다. 사진을 보자 모두가 한목소리로 답이 튀어나왔다.

"어라? 이건 룩소르신전 앞의 오벨리스크 아니야?"

말이 떨어지자 강민우는 빙글거리며 웃었다.

"우리 모두 그 앞에서 사진을 찍어 와서 특별히 낡은 사진은 필요 없겠는데?"

서진민의 말에 강민우가 빙글거린 이유를 말했다.

"그 말을 미리 해 주면 여기 바쁘신 박 과장이 안 나올까 봐 비밀에 부쳤지."

모두들 한마디씩 하는 동안에도 진혁은 사진에 시선을 고정 시킨 채 생각에 빠져 있었다. 분명 꿈속에서 본 그 오벨리스크였다. 룩소르 신전 앞에서도 보았지만 무심히 지나쳤던 그 오벨리스크. 어디서든 쉽게 자료를 찾아낼 수 있는 사진이었던 것이다. 그 많은 오벨리스크 중에서도 이렇게 세상에 널리 알려진 것에 적힌 신성 문자가 과연 이 나라의 미래를 알려 주고 있다는 것이 사실일까?

진혁이 사진을 들고 생각에 빠져있는 것을 지켜 본 장순걸이 놀리는 투로 말했다.

"우리 박 과장님 또 연구 들어가셨네. 자, 그럼 과장님 연구 끝날 때까지 우리는 술이나 마십시다. 우리는 봐도 모르니까요."

12시가 넘어 끝난 모임 덕에 마음이 더욱 조급해진 진혁은 귀가 대신 사무실로 돌아와 새우잠을 자고 새벽부터 다시 책상에 앉아 일을 시작했다. 오벨리스크 사진에 담긴 글자를 판독해 놓은 자료는 나중에 시간이 나면 찾아보자고 생각하며 그는 받아 온 사진을 자신의 소송 기록 노트에 끼워 놓았다. 그는 다시 반박문에 대한 생각으로 골몰하기 시작했다. 모든 관련 자료들을 다시 뒤져보고 생각을 거듭해 보아도 뾰족한 것이 떠오르지 않은 채 오전 시간이 다 지나가고 있었다. 초조한 진혁은 급기야 머릿속의 생각들이 마구 엉켜들기 시작했다. 전날 밤 컨디션이 받쳐 주지 않는 중에도 마지못해 받아 마신 약간의 술기운까지 가세했다.

미국에서 이루어지고 있는 소송은 꼭 이겨야만 했다. 거기에서 승소한다면 국내 특허법원에서의 상고심은 승리를 장담할 수 있어질 것이었다. 지금 A텔레콤과 K텔레콤 간에 INS를 둘러싼 소송은 일본 NTT 토코모를 비롯하여 세계 여러 나라 통신 회사들도 주시하고 있는 중이었다. 여기서 K텔레콤이 진다면 다음에는 그들 차례이기 때문이다.

진혁이 모니터를 '뚫어져라' 바라보며 생각에 골몰하고 있는 것을 말없이 지켜보던 송시현이 조심스럽게 다가왔다.

"과장님, 점심시간이에요. 저하고 나가서 기운을 북돋울 만한 것 좀 드시고 와서 하세요. 안색이 너무 안 좋으세요."

송시현의 말을 무신경하게 들으며 진혁은 모니터에서 눈을 떼지 않은 채 말했다.

"난 괜찮아. 지금은 아무 생각이 없어. 자네나 나가서 먹고 들어와. 오면서 요기할 걸 좀 사다 주면 좋고"

진혁의 반응을 보고도 송시현은 사무실을 나가지 않고 의자를 끌어다 곁에 앉아 함께 모니터를 들여다보았다. 마치 정지된 화면처럼 꼼짝 않고 앉아 있는 송시현이 거슬린 진혁은 다시 시선을 그에게로 옮겼다.

"왜 그래? 점심시간 자꾸 줄어들고 있는데 안 나갈 거야?"

그제서야 송시현은 정지 화면을 풀고 입을 뗐다.

"과장님 모시고 갈래요. 뭔가 생각할 것이 있을 때, 그것에만 골몰하고 있으면 오히려 창의성이 떨어지는 생각만 떠올라요. 그럴 땐 몸을 움직여 주는 게 더 낫죠. 사지를 움직이고 오감을 깨우면 뇌에 산소가 불어 넣어지거든요. 먹는 것도 중요해요. 우리의 뇌는 일을 하는데 있어서 탄수화물을 필요로 하잖아요. 과장님처럼 머리를 과도하게 써서 일하는 사람의 경우 섬유질이 많은 음식을 먹는 것도 도움이 돼요. 씹는 활동은 뇌에 자극을 줘서 뇌 활동을 원활하게 하거든요."

송시현은 그칠 줄 모르고 음식과 건강에 대한 자신의 지식을 줄줄 풀어냈다. 그대로 두면 어디까지 이어갈 지 자못 궁금했지만 진혁은 그의 입을 막았다.

"자네, 섭생의학이라든지 뭐 그런 거 공부했어?"

송시현은 진혁의 관심을 돌리게 된 것이 몹시 기쁘다는 표정으로 고개를 저었다.

"에이, 이건 건강 상식이에요. 저는 요리나 섭생에 관한 것에 관심이 있을 뿐이에요. 사실 부모님만 허락하셨다면 저는 일찌감치 요리 공부를 했을 거예요. 아버님이 사대부주의가 아직도 강하게 남아 있는 종가에 종손이시라 사내가 요리를 직업으로 갖는 것은 있을 수도 없고 있어서도 안 된다고 펄쩍 뛰셨죠. 그래도 내가 장남은 아니어서 그런 아버지 곁에서 조상님 모시는 예법을 배우며 한평생을 보내지 않아도 되는 건 천만다행이죠. 그건 그렇고, 과장님은 지금 과로의 위험수위를 넘고 계세요. 이래 가지고서는 승소는 고사하고 A텔레콤과 싸우러 미국에 가시지 못 해요. 지구상에 동물로 태어난이상 기본적인 생명 유지 활동은 해 줘야죠. 어서 일어서세요. 저와 함께 식사하며 이야기를 나누다 보면 기대 이상의 기발한 생각이 떠오를지도 모르잖아요. 과장님, 이런 말 아세요? '그릇을 채우려면 먼저 그릇을 비워라.' 이런 거요."

송시현의 마지막 말은 진혁의 구미를 당겼다. 진혁은 보안 프로그램이 설치된 컴퓨터를 끄고 송시현을 따라 나섰다. 일에서 눈을 돌리고 보니 눈앞이 어찔어찔한 게 기운이 떨어져 있는 것이 느껴졌다. 송시현은 진혁을 차에 태우더니 삼청동을 지나 부암동 골목의 한옥으로 지어진 식당으로 데려갔다.

두 사람은 작고 조용한 방으로 안내 되었다. 방에는 한지가 발라진 두 쪽짜리 여닫이문이 달려 있었는데 문을 열자 작은 정원이 내다보였다. 여름의 끝자락에 피는 쑥부쟁이며 싸리꽃 등 야생초 꽃들이 피어 있고, 둥근 돌확에 물상추와 부레옥잠 등이 떠 있었다. 이끼류와 양치식물도 돌확 주변에 어우러져 자라고 있었다. 진혁은 충혈된 눈으로 정원을 내다보았다. 어린 시절 뒷동산에 오르면 볼 수 있었던 풀꽃들을 서울 시내에서 보니 마음이 편안해지는 느낌이었다. 송시현은 주문 받으러 온 젊은이에게 뭔가 장황한 주의 사항을 곁들여가며 음식을 주문했다. 주문이 끝나자 식전에 마시는 차가 나왔다. 송시현이 진혁에게 차를 권했다.

"이건 쌀을 발효 시켜서 만든 효소 차예요. 점심을 드시는 동안에는 일 생각 잊어버리시고 긴장도 푸세요."

진혁은 말 잘 듣는 아이처럼 젊은 부하 직원이 시키는 대로 따랐다. 뜨물 같은 색에 약간 시큼한 맛이 나는 차를 마시고 나자 각종 산채 나물들을 된장 소스로 맛을 낸 샐러드가 나왔다. 옹기 뚜껑처럼 생긴 접시에 멋들어지게 담겨 나온 샐러드는 그 맛도 기가 막혔다. 새콤달콤하면서도 재래 된장의 개운한 맛이 가미된 신개념 요리였다. 그 뒤에 차례로 날라져 오는 음식들이 모두 진혁의 무뎌진 감각을 깨우고 심신을 정화하는 것 같은 요리들이었다. 진혁은 앞에 앉은 송시현을 신기한 눈으로 바라보며 말했다.

"자네는 젊은 사람이 어떻게 이런 데를 알았어? 이 요리들은 또 뭐고?"

송시현은 피식 웃으며 대꾸했다.

"제가 요리에 관심이 많다고 했잖아요. 만일 요리사가 되었다면 제가 하고 싶었던 요리들을 누군가 이렇게 생각해 내서 이미 음식점까지 냈더라고요. 이 집을 발견한 순간 저는 생각했죠. 시간의 차이는 있지만 사람들의 생각은 결국 같은 것을 향해 가는구나 하구요. 누가 먼저 창조해 냈느냐, 누가 먼저 시행했느냐, 그런 게 뭐 그렇게 중요하겠어요? 그건 사회질서를 위해 정해 놓은 규칙에 불과하죠. 사람의 편리와 행복을 위해 정해 놓은 규칙이 엉뚱하게도 사람을 불행하게 만드는 규칙으로 악용되기도 하는 것 같아요. 어쩌다 보니 제가 종사하게 된 일이 그런 걸 따지는 일이 되어 버렸지만요. 아, 죄송해요. 일 생각은 접어 두시라고 말해 놓고 제가 얘길 그쪽으로 끌고 가네요."

송시현의 말을 듣는 동안 진혁의 머릿속에 퍼뜩 떠오르는 것이 있었다. 존슨 교수의 말이었다.

"사람들이 편리해지고 행복해지라고 개발한 기술이 엉뚱

하게도 기업의 돈벌이 수단으로 이용되고 있다는 게 안타까울 뿐입니다."

생각이 여기에 미친 진혁은 끊겼던 전원이 다시 들어온 것처럼 일제히 모든 단어들이 자리를 찾아들며 움직이기 시작했다. 그의 머릿속에는 다시 크리스티앙이 말했던 창조성에 관한 이야기가 떠올랐다.

"인간은 영생하지 못할 겁니다. 왜냐하면 창조주는 자신과 같이 인간도 끝없는 창조를 거듭하며 살아가기를 바랐지만 인간은 등이 따뜻해지고 편안해지면 더 이상 창조성을 발휘하지 않는 특성이 있습니다. 인간은 불멸을 꿈꾸지만 의지의 한계가 있다는 것이지요."

진혁의 머리에 '창조성'이란 단어가 불을 켰다. '창조성' 특허 용어로는 '신규성'이었다. 진혁은 테이블을 '탕' 하고 쳤다.

"그래, 그거야! 신규성, A텔레콤은 신규성이 없어. 이미 누군가가 창조한 것, 즉 창조자가 보편적 기술로 누구나 행복과 편리를 위해 사용하기를 바라면서 창조한 기술을 가지고 특허 취득해서 자격도 없는 권리를 행사하려 하고 있는 거야. 그렇게 반박하면 되겠어."

진혁이 흥분해서 목소리를 높이자 송시현이 손뼉을 쳤다.

"떠올랐군요? 답이 나왔어요? 거 봐요. 이런 방법이 오히려 효과 있다니까요? 에이, 나는 창조적 요리사가 되었어야 하는데. 이렇게 음식으로 사람들에게 영감을 주는 일을 하고 싶다니까. 하하, 역시 우리 과장님이셔. 이제 우리는 이기러 가기만 하면 되는 겁니까?"

진혁은 남은 식사를 마저 하면서 송시현에게 반박 문구에 대해서 설명했다. 송시현은 눈을 반짝이면서 듣거나 진혁의 생각에 맞장구를 치며 기뻐서 어쩔 줄 몰랐다. 두 사람은 서둘러 점심식사를 마치고 음식점 직원이 후식까지 들고 가라는 것을 사양한 채 회사로 돌아왔다. 진혁은 곧바로 추가 반박문 작성에 들어갔다. 그는 송시현에게 특허부장과 기술기획실장을 만나 도움을 요청하고 INS 기술을 응용 개발해서 사용하고 있는 8개 국가의 자료들을 확보하라고 지시했다. 두 회사 간의 특허 소송을 예의 주시하며 K텔레콤이 승소하기를 기대하고 있던 다른 회사들은 기다렸다는 듯이 즉각 관련 서류들을 송부해 왔다.

진혁은 세계 8개국 통신사의 자료를 정리하고 국내 New Star 특허법률사무소와 미국 P&E로펌을 거쳐 한국과 미국 법원에 A텔레콤의 INS 특허에는 신규성이 없음을 증명하는 자료를 제출했다. 거기에 존슨 교수의 연구 노트와 관련 자료를 함께 제출하고 실질적인 특허권을 가져야 할 사람은 존슨 교수임을 주장하는 자료도 함께 제출했다.

국내 특허법원에서는 진혁이 제출한 최종 의견서를 접수받고 나서 세부 자료를 다시 제출하라는 요구가 떨어졌다. 진혁은 서둘러 세부 자료를 작성하기 시작했다. 미국에 보낼 자료를 작성하느라 지치고 피곤했던 진혁은 이길 수 있다는 희망에 부풀어 체력이 고갈되고 있는 것도 모른 채 밤낮없이 일에 매달렸다.

국내 특허법원에 제출할 문건이 거의 대부분 준비되었을 무렵 미국에서 지미 변호사로부터 연락이 왔다.

"박 과장, 최종 판결을 앞두고 존슨 교수를 증인으로 출두시키라는 요구가 날아왔네. 그들은 존슨 교수가 증인석에까지 나갈 거라고는 생각하지 않는 것 같아. 미리 협박까지 해두었으니 알아서 피해 줄 거라 믿는 눈치인데, 어때? 증인석에 출두시킬 수 있겠나?"

진혁은 장담했다.

"그럼요. 이미 승인을 받아 뒀는걸요. 그래도 어떤 변수가 생길지 모르니 제가 김 박사와 함께 미국으로 가서 존슨 교수를 법정으로 모시고 갈게요."

지미는 통화를 끝내기 전에 진혁의 노고를 치하했다.

"박 과장이 모든 준비를 잘 해줬네. 증인 출두까지만 무사히 이루어진다면 이 소송은 뒤집힐 거네. 그럼 법정에서 보세."

진혁은 아직 마무리되지 않은 국내 서류들을 일단 미루어 두고 미국으로 날아갈 준비를 서둘렀다. 그는 멕시코의 김 박사에게 전화해 사실을 알리고 함께 컬럼비아대학으로 가줄 것을 부탁했다. 김 박사는 극적 드라마가 될 최종 심의를 안 볼 수 없다며 기꺼이 승낙했다.

뉴욕주 지방법원 법정에 존슨 교수와 김 박사와 함께 도착한 진혁은 가슴이 뛰고 있었다. 그는 존슨 교수를 증인 대기석에 앉히고 자신은 김 박사와 함께 존슨 교수의 뒤에 자리 잡고 앉았다. 재판이 시작되었다. 먼저 A텔레콤 측 주장이 진행되었고 이어서 지미 변호사의 변론이 시작되었다. 지미 변호사는 진혁이 알고 있는 사실들을 조목조목 짚어 가며 반론을 폈다. 드디어 존슨 교수의 차례가 되었다. 노쇠한 존슨 교수는 김 박사의 도움을 받아 연구 노트와 논문을 제출하고 증인석에 가서 앉았다. 진혁은 마음속으로 김 박사의 증언이 순조롭게 이루어지기를 기도하는 마음으로 앉아 있었다.

판사의 증인 선서 주문에 의해 선서가 이루어지고 심문이 시작되었다. 진혁은 조마조마한 심정으로 존슨 교수의 증언을 지켜보았다. 그러나 존슨 교수는 노령에도 불구하고 한 치의 막힘도 없이 당당하고 조리 있게 증언을 마쳤다. 그의 눈빛은 과학자로서의 자부심으로 빛났고, 목소리는 정의를 실천함에 있어 굴할 것이 없는 자의 당당함이 묻어나고 있었다. 진혁은 노 교수의 마지막 증언을 들으며 울컥 눈물이 솟구쳤다.

"나는 인류의 편리와 행복을 추구하는 데 소용되는 것으로써 널리 보편적으로 쓰이기를 바라는 마음으로 이 기술을 연구하고 개발했습니다. 그 누구도 이 성과를 가지고 누군가를 쓰러뜨리는 무기로 사용하기를 원치 않습니다. 내가 이 법정에 서게 된 것은 새삼 권리를 찾자는 것도 아니고, 이 소송을 통해서 이득을 보기 위해서도 아닙니다. 단지 과학자로서의 양심과 명예를 지키기 위해서임을 밝혀 두는 바입니다."

존슨 교수는 마지막 말을 하면서 A텔레콤 측 참석자들이 앉아 있는 자리 쪽을 똑바로 응시했다. 거기에는 언젠가 학교로 찾아와 그를 회유하려 했던 인물도 앉아 있었다. 그는 존슨 교수와 눈이 마주치자 떨떠름한 표정이 되었다.

모든 것이 끝났다. 이젠 배심원의 의견을 청취해서 판결이 내려질 차례였다. 진혁은 결과를 예측하면서도 판결을 기다리는 동안 몹시 긴장되었다.

손에 땀을 쥐고 판결을 듣고 있는 진혁의 귀에 K텔레콤의 승소를 알리는 판결문이 선언되었다. 진혁은 머릿속에서 북소리가 들리는 것 같았다. 김 박사는 진혁을 얼싸안았다. 지미 변호사도 얼싸안았다. 진혁도 지미 변호사에게 다가가 감사 인사를 하고 존슨 교수에게도 울먹이는 목소리로 감사 인사를 전했다. 노 교수는 말없이 진혁의 어깨를 두드려 주었다.

진혁과 김 박사는 존슨 교수를 집까지 데려다주고 숙소로 향했다. 진혁은 다음 날 한국으로 돌아가야 했지만 그 전에 친구인 김찬후를 만나 기쁜 소식을 전할 생각에 전화부터 걸었다. 그러나 김찬후는 어쩐 일인지 연락이 되지 않았다. 그는 뉴욕 거리를 걸으며 친구가 몹시 그리웠다. 축제가 끝난 마당에 서서 쓸쓸한 기분이 드는 것은 왜일까? 그는 다시 한국의 회사에 전화를 걸었다. 송시현이 전화를 받아 승소 소식을 듣더니 기쁨의 비명을 질렀다.

"그럴 줄 알았어요, 과장님! 이건 과장님의 승리예요, 축하 드려요, 과장님!"

송시현의 목소리 너머에서 일제히 터지는 함성 소리가 진혁의 귀에 들려왔다. 순간, 진혁은 가슴이 뭉클했다. 어릴 적 가을 운동회 날 800m 릴레이의 마지막 주자로 달리고 있을 때가 생각났다. 진혁이 1위로 달리던 주자를 제치고 앞으로 달려 나갈 때 운동장이 터져 나갈 듯 울리던 함성 소리는 그의 가슴을 지금처럼 뭉클하게 했었다. 왈칵 눈물이라도 쏟아질 것 같았다. 진혁이 전화를 끊고 감회에 젖어 있는 모습을 지켜 본 김 박사가 조용히 그의 어깨를 짚으며 말했다.

"이제 한국으로 돌아가면 국내 소송은 다른 사람에게 미루고 자네는 좀 쉬게. 너무 고생이 많았어. 여기서 이긴 소송 한국에서는 땅 짚고 헤엄치기지. K텔레콤은 복도 많아, 이런 재원이 버티고 있으니. 무슨 걱정이겠나?"

진혁은 공로를 치하해 주는 김 박사 앞에서 민망한 듯 웃었다.

"모두가 박사님 덕분이죠. 박사님 도움이 없었다면 이길 수 없었을 거예요."

두 사람은 춤이라도 출 것 같은 걸음으로 뉴욕 거리를 활보해서 호텔로 들어갔다.

다음 날 진혁은 승전보를 안고 한국으로 돌아왔다. 회사는 온통 축제 분위기였다. 진혁은 개선장군 대접을 받았고, 고위 임원진까지 참석한 회식이 열렸다. 진혁은 수고했다고 치하하며 여기저기서 건네는 술잔을 받고 거나하게 취해 있었다. 승리의 기쁨과 분위기에 취해서 연거푸 술잔을 들이키는 진혁 곁으로 어느새 다가온 송시현이 잔소리를 시작했다.

"과장님, 이러시다 큰일 나겠어요. 피곤에 지친 몸으로 장시간 비행기까지 타고, 여독도 풀리지 않았는데 과음까지 하시면 정말로 병나요. 이제 그만 하시고 댁으로 모실 테니 들어가세요."

진혁은 자신을 챙기는 송시현이 고맙고 흐뭇하면서도 공연히 역정을 냈다.

"자네가 내 마누라라도 되나? 오늘 같은 날 나더러 벌써 회식 자리를 뜨라는 거야? 싫어! 난 술 더 마실 거야."

송시현은 막무가내였다. 그는 진혁이 가득 채워 들고 있는 술잔을 뺏어 자신이 마셔 버리고 진혁의 옆구리에 팔을 끼워 늘어진 몸을 일으켰다.

"과장님, 댁에 가셔서 사모님에게도 이 기쁜 소식을 전해 드려야죠."

송시현의 그 말은 확실히 효과가 있어서 진혁은 퍼뜩 머릿속에 아내의 얼굴이 떠올랐다. 과로하는 자신을 보며 요즘 부쩍 걱정이 는 아내에게 이제 긴 싸움이 끝났음을 알리고 마음을 풀어 주고 싶은 마음이 들었다. 그는 못 이기는 척 송시현이 이끄는 대로 자리를 빠져나가 택시를 타고 집으로 향했다. 사실 그는 온몸이 물에 젖은 솜 같아서 어디든 눕고 싶은 심정이었다.

가을 단풍

"과장님, 안전 운전할 테니 도착할 때까지 한숨 주무세요."

대전 특허법원으로 가는 차를 운전하며 송시현이 말했다. 진혁은 최종 심판 결정을 앞둔 마당에 잠이 올 것 같지 않아 무심하게 대꾸했다.

"내 걱정은 말고 운전이나 잘 해. 난 단풍 구경이나 할게. 야, 산이 온통 울긋불긋하구나."

진혁은 창밖으로 손을 내밀고 바람결을 만지고 있었다. 자동차는 서울 톨게이트를 빠져나가 경부고속도로를 달렸다. 그는 무심히 차창 밖으로 눈을 던지고 지난 시간들을 떠올리고 있었다.

미국에서 특허권 소송이 마무리된 후 국내 특허법원은 최종 결정을 서둘렀다. 대전 특허법원의 결정이 10일 앞으로 다가왔을 때 진혁은 2차 의견서를 법원에 제출했다. 그러고 나서 최종 심판 결정일이 오늘로 다가와 이른 아침에 대전으로 향하게 된 것이었다.

송시현은 자청해서 운전기사에 출장 파트너로 나섰다. 최근 A텔레콤과의 소송을 통해서 긴밀하게 보안 유지까지 해

가며 함께 일을 한 덕에 친밀해지고 서로에 대해 신뢰가 생긴 탓에 진혁도 어디를 가나 그와 동행하는 것이 편하게 여겨졌다.

진혁은 먼 산에 물들어가는 단풍을 바라보며 자연의 순환도 인생 같다는 생각을 하고 있었다. 한여름의 푸르름을 다하고 나면 짧은 한철을 붉게 물들여 마지막 열정을 불태우다가 땅으로 내려앉아 한 줌 흙이 되는 것이 아닌가. 그는 자꾸 몽롱해지려는 의식을 깨워 일으키며 겨우 대전에 도착해 법정으로 들어섰다.

법정에는 이미 New Star 특허사무소의 박해천 자문 변리사가 도착해 있었다. 진혁은 그와 악수하고 송시현이 이끄는 대로 법정으로 들어가 자리에 앉았다.

재판이 어떻게 진행되었는지 진혁은 중간에 벌어진 일이 기억나지 않았다. 한동안 멍하니 앉아 있다 보니 최종 선고가 이루어지고 판사가 K텔레콤의 승리를 선언하고 있었다. 예견했던 결과였지만 모든 게 끝났다는 안도감에 서로 기쁨을 나누며, 웃고 환호하고 부둥켜안았다.

진혁은 자신이 무엇을 하는지 잠깐씩 기억이 끊어졌다 다시 이어지는 것을 반복하고 있었다. 그는 다시 송시현이 이끄는 대로 돌아오는 자동차에 올라탔다.

송시현이 조용히 운전에 열중하는 동안 진혁은 혼자서 깊은 생각에 빠져 들었다. 그는 최근 수년 동안 거쳐 지나온 대륙들과 그 위에서 벌어진 갖가지 분쟁들을 생각했다. 과거에도 있었고, 앞으로도 수없이 또 일어나고 어떤 방식으로든 결론 지어질 분쟁들. 그는 문득 혼잣말을 중얼거렸다.

"이것이 창조주의 뜻대로 사는 모습일까?"

진혁의 중얼거림에 송시현이 잠시 얼굴을 돌렸다가 되돌아갔다. 자신에게 묻는 것이 아님을 알아차린 모양이었다. 진혁이 이번에는 송시현에게 말을 걸었다.

"자네, 누군가에게 미래를 예견하는 능력이 있다는 것을 믿어? 그것도 수천 년 뒤의 미래를 말이야."

송시현은 생각해 볼 것도 없이 바로 대답했다.

"그런 사람을 본 적이 없어서 믿지 못하겠는데요."

진혁이 그럴 줄 알았다는 듯 피식 웃었다. 그러자 송시현이 되물었다.

"과장님은 믿으세요?"

진혁은 다시 먼 산에 몽롱한 눈을 던지고 대답했다.

"응, 믿어. 그게 사람의 능력이든 신이 부여한 능력이든, 있다고⋯ 인류 역사의 흐름을 바꿀 수는 결코 없겠지만 예견할 수는 있다고 말이야. 우리가 온갖 데이터를 분석해서 50

년, 혹은 100년 뒤를 내다보는 것처럼 위대한 예언자는 수천 년 뒤의 후세들에게 결코 닳아 없어지지 않을 글을 돌 위에 새겨서 메시지를 남기기도 한다고 난 믿었어. 그 믿음은 나를 여기에 데려다 주었지. 나는…”

진혁은 말하면서 몸에서 기운이 한없이 빠져나가는 느낌이었다. 마치 방전된 배터리처럼 누군가 새로 충전해 주기 전에는 결코 회복되지 않을 것 같았다. 그는 기운이 다 닳아 없어지기 전에 무슨 말이든 해야겠다는 강박감에 사로잡혀 계속해서 입을 달싹였다.

“자네… 나중에 내 아들… 한번 만나 봐 주겠나? 그 녀석에게…”

그는 더 이상 말을 잇지 못하고 잠시 쉬어야겠다고 생각했다. 혀가 움직여지지 않았다. 진혁은 자동차 의자에 몸을 늘어뜨리고 눈을 감았다.

진혁의 눈앞에 룩소르신전이 아지랑이처럼 투명한 형태로 나타났다. 그 앞에 황금빛 상형문자가 새겨진 오벨리스크가 모습을 드러냈다. 그는 언젠가 꿈에서 그랬던 것처럼 손을 내밀어 글자들을 만져 보았다. 글자들은 꿈틀거리며 어떤 형태를 만들었다. 작은 창이었다. 금빛 작은 창은 점점 커지더니 문이 되고 문은 어딘가로 이어지는 통로를 열었다. 진혁은 안간힘을 써서 몸을 일으켰다. 그는 한 걸음 한 걸음 문으로 다가가 안으로 들어섰다. 눈앞에 놓인 긴 통로는 끝도 없이 뻗어 어딘가로 이어져 있었다. 그는 통로를 따라 걸었다. 통로 저 끝에서는 빛이 새어나오고 있었다. 그는 빛을 향해 갔다.

송시현은 잠잠해진 진혁을 돌아다보았다. 고개를 옆으로 꺾고 잠든 것처럼 앉아 있는 그의 얼굴이 백지장처럼 창백해져 있는 것을 발견한 송시현은 손을 뻗어 몸을 흔들어 보았다.

"과장님? 과장님!"

송시현은 갓길에 차를 세우고 진혁의 상태를 살폈다. 숨이 멎어 있는 것을 확인한 그는 쿵쾅거리는 가슴을 진정시키고 차를 돌려 대전 K텔레콤 후생병원으로 달려갔다. 달리면서 떨리는 손으로 전화를 걸어 긴급 환자가 곧 응급실에 도착하게 됨을 알렸다. 응급실에 도착한 진혁은 온갖 소생술을 다 동원했으나 끝내 의식을 되찾지 못했다. 사인은 과로로 인한 뇌출혈이었다.

같은 시간 K텔레콤 본사에서는 사내 TV를 통해 특허 분쟁 승리 소식이 긴급 뉴스로 전해지고 있었다. 'K텔레콤의 승리!'라는 말이 외쳐지자 회사 전체가 함성 소리로 요란했다. 전

직원은 일손을 놓고 자리에서 일어서서 만세를 외쳤다.

"이로써, A텔레콤사는 우리 회사에 그간의 특허 비용은 물론이요, 대내외적으로 본 손실에 대해 2천만 달러의 손해를 배상하라는 판결이 내려졌습니다."

다시 긴 함성이 이어졌다.

뉴스가 끝나기도 전에 특허부장실 전화벨이 요란하게 울렸다. 부장은 기쁨으로 흥분된 목소리로 전화를 받았다가 어깨를 늘어뜨리고 의자에 몸을 떨어뜨렸다.

L백화점 주방용품 코너에서 일하고 있던 한정임은 사무실에 전화가 걸려왔다는 전갈을 듣고 무슨 일인가 의아한 표정을 지으며 직원 사무실로 들어섰다. 그녀는 여사무원이 건네는 수화기를 받아 들었다.

"여보세요? 한정임입니다."

그녀의 이름을 확인한 수화기 건너에서 울음 섞인 젊은 남자의 목소리가 들렸다.

"사모님, 저는 오늘 박 과장님을 모시고 대전 법원에 내려온 송시현이라고 합니다. 이런 말씀 전해서 죄송합니다만 지금 대전으로 오셔야겠습니다. 과장님이 쓰러지셨습니다. 지금 심폐 소생술을 하고 있습니다만 반응이 없으십니다."

한정임은 눈앞이 캄캄해졌다. 그녀는 수화기를 떨어뜨리고 그대로 자리에 주저앉았다. 통화하던 그녀의 모습을 지켜보던 사무실 여직원이 달려와 그녀를 부축하며 물었다.

"무슨 일이예요? 괜찮으세요?"

한정임은 가슴을 움켜쥐고 꺼져 들어가는 목소리로 간신히 한 마디를 내놓았다.

"택시… 택시 좀 불러 주세요."

10분 후, 그녀는 백화점 입구에 대기 중인 택시에 올라 대전으로 향했다.

특허 소송 승소 소식이 전해지고 한 시간 후 차분한 목소리로 다시 사내 방송이 시작되었다.

"특허부 박진혁 과장님이 오늘 승소 판결을 받고 돌아오시던 중 순직하셨습니다. 박진혁 과장님은 오늘 우리에게 기쁜 소식과 슬픈 소식을 함께 전하셨습니다. 장례는 내일부터 회사장으로 3일간 치러질 것입니다. 직원 여러분의 진심어린 애도를 부탁드립니다."

회사 안은 다시 술렁이기 시작했다. 특허부 직원들은 일손을 놓고 멍하니 앉아 있거나 여기저기서 흐느끼는 소리가 들렸다. 사장실 옆 회의실에서는 긴급 대책회의가 열렸고, 곧바

로 장의위원회가 구성되었다. 장의위원장은 사장과 노조위원
장이 공동으로 맡고 예하 사장단 및 계열사 노조위원장이 장
의위원으로 결정되었다. 장의위원회는 그 자리에서 회의를
통해 세 가지 항목의 결의안을 빠른 시간 내에 합의, 결정했
다. 첫째는 박진혁 과장을 2계급 특진하여 기술이사로 대우
한다는 것이었다. 둘째는 배우자와 자녀에 대해 평생 지원한
다는 것이었다. 자녀에겐 모든 학자금을 지원하고 원한다면
평생 사원으로 특채되는 것이었다. 셋째는 장례 일을 모든
직원이 참가하고 애도할 수 있도록 회사 임시 휴일로 정한다
는 것이었다.

2005년 10월 19일, 대전 K텔레콤 연수본부에서는 회사장이
치러지고 있었다. 빈소 앞에는 부인 한정임과 딸 선미가 상
복을 한 채 자리하고 있었고, 박상민이 그의 큰아버지와 함
께 검은 양복 차림에 굴건을 쓰고 상주 노릇을 하고 있었다.
이날, 장례식에는 7년 전 임금 투쟁 이래 최대 인원이 모였
다. 역대 사장들을 비롯하여 4만여 명이 운집한 가운데 시작
된 장례 절차는 장의위원장인 사장의 추모사로 시작되었다.
  "고인은 1986년 입사 이래 항상 회사 일에 최선을 다하는
사람이었습니다. 궂은일을 마다하지 않고 매사에 앞장서기도

했습니다. 특히 회사가 누란의 위기로 백척간두에 섰을 때 혼신의 힘을 다해 구해내는 투지를 발휘했습니다. 그 어느 누구도 해내지 못한 일을 홀로 해낸 것입니다. 우리 6만여 임직원은 고인의 뜻을 잊지 않을 것입니다. 고인이 생전에 늘 강조했던 '창조적 정신'으로 회사의 번영과 발전을 위한 매진에 박차를 가할 것을 약속드립니다. 또한 고인이 추구하려 했던 높은 이상과 아름다운 희생정신을 가슴 깊이 새길 것입니다. 고인의 목숨으로 다시 일으킨 회사를 앞으로도 반드시 지켜내고 눈부시게 발전시키는 것만이 그 보답임을 항상 기억할 것입니다. 또한 고인의 마음으로 고인의 가족을 평생 돌볼 것을 회사의 이름을 걸고 약속드립니다. 이 말은 고인이 대전 법원에서 회사로 돌아오면 하려던 말이었는데 이제라도 하겠습니다. 박진혁 과장님, 아니 이사님, 우리 6만여 임직원을 대표해서 그 노고에 진심으로 감사를 드립니다. 이제 그 무겁던 짐 다 내려놓으시고 고인이여, 편안히 잠드소서. 우리 6만 사원의 이름으로 깊은 애도를 표합니다."

추모사가 진행되는 동안 장례식장은 울음바다가 되었다. 한정임은 딸의 무릎 위로 엎드려 흐느끼고 있었고, 어린 상민은 침울한 얼굴로 빈소를 마주한 채 미동도 하지 않았다. 아이는 아직 아버지의 부재가 실감나지 않는 표정이었다. 추모사가 끝나고 본격적인 문상이 시작되었다. 빈소 앞에서 문상객 안내를 맡은 송시현은 분주히 빈소 앞을 오가다가도 가끔씩 허리를 숙이며 빨갛게 부은 눈을 연신 훔쳐내고 있었다. 사원들은 흰 국화꽃 한 송이씩을 들고 길게 줄을 서서 차례로 빈소에 분향하고 고인과 작별 인사를 나눴다. 뒤늦게 소식을 듣고 달려 온 김찬후가 거의 혼절할 것 같은 모습으로 빈소 앞에 섰다. 그는 절을 하고 나서 자리에서 일어서지 못하고 읍소를 시작했다.

"이 친구야! 나하고 한 약속은 어쩌고 벌써 갔단 말이야! 그렇게도 극성을 부리며 일에 매달리더니 기쁜 소식 듣고도 술 한잔 나누지 못했는데… 아직 할 일이 얼마나 더 많은 나이에… 이 친구야!"

그는 눈물을 거두지도 못한 채 문득 상주로 서 있는 상민을 돌아다보았다. 상민은 김찬후의 읍소에 눈물보가 터져 어깨를 들썩이고 서 있었다. 김찬후는 상민에게 다가가 들썩이는 어깨를 꼭 안고 한동안 서 있었다. 그 장면을 모두가 지켜본 장내에는 한바탕 슬픔의 파도가 훑고 지나갔다. 장례식장 한편에는 헬싱키 MBA 동료인 장순걸, 강민우, 서진민이 황망한 얼굴로 나타나 불과 며칠 전에 함께 저녁 모임을 가졌던 동료의 죽음을 믿을 수 없다는 듯 빈소만 바라보고 서 있었다.

3일간의 장례 절차가 끝나고 마지막 날 박진혁의 시신은 그의 고향인 파주 심학산 자락의 볕 바랜 자리에 안치되었다. 입관이 끝나고 봉분이 지어지는 동안 김찬후는 묘 자리 끝에 서서 한강 하구를 내려다보며 상민의 어깨에 팔을 두른 채 말했다.

"이 산이 어릴 적 우리의 놀이터였지. 정상에 올라가서 노을 지는 서녘 하늘을 바라보고 있으면 뭐라 형언할 수 없는 감정들이 복받치곤 했단다. 네 아버지는 이제 매일 이곳에 누워서 근사한 낙조를 감상하고 있겠구나. 성질 급한 친구 같으니… 저 아래 늪지에서 너희들 데리고 낚시하자고 약속한 게 엊그젠데… 먼저 이곳으로 왔구나."

그는 또다시 눈물을 훔쳐냈다. 상민은 말없이 한강 위를 날고 있는 한 무리 철새 떼들을 눈으로 좇고 있었다.

장례 절차가 모두 끝나고 정상 출근한 송시현은 A텔레콤과의 소송 건으로 공로를 인정받아 특진 혜택을 받았다.

대리로 승진한 송시현은 부장의 명을 받아 진혁의 자리를 정리하기 시작했다. 빈 상자에 소지품과 책상 위에 놓여 있던 가족사진 등을 챙기던 그는 책상 맨 아래 서랍에서 두 개의 봉투와 알약이 가득 든 약통 하나를 발견했다. 봉투 하나는 만약의 경우를 대비해 써 놓은 사표였고, 또 하나는 부인 앞으로 써 놓은 편지였다.

송시현은 약통을 그냥 상자에 담았다가 다시 꺼냈다. 안을 열어 보았으나 용도를 알 수 없는 약이었다. 아무래도 부인에게 그냥 전달하는 것 보다는 약의 용도를 알아보는 것이 좋겠다는 생각이 들었다. 그는 인터넷 검색창에 약 이름을 치고 검색 결과를 눈여겨보았다. 예상대로 수면제였다. 그는 수면제를 상자에 넣지 않기로 정했다.

그는 짐 정리를 마치고 빈 책상에 우두커니 앉아 수면제 통을 만지작거리고 있었다. 그의 머릿속에는 지난 소송 기간이 떠올랐다. 과장님은 대체 무슨 생각으로 사표니 수면제니 편지니 하는 것들을 준비해서 서랍에 넣어 두고 지냈던 것일까? 그만큼 이 소송에 치열하게 임하겠다는 각오였을까? 아니면 실패할 경우 삶도 끝낼 생각을 한 것일까? 머릿속이 복잡한 가운데 그는 문득 떠오르는 생각이 있었다. 그것은 진혁이 죽기 직전에 그에게 했던 말이었다. 송시현은 입속말로 중얼거렸다.

"그래, 그는 이 땅에 대단한 미래가 준비되어 있다는 것을 믿고 있었어. 그는 승리해야만 했던 거야. 그것이 이 시대, 이

위치에 살고 있는 그로서 할 수 있는 최선의 것이라고 믿었기 때문이야. 그래서 죽을 각오로 맞섰던 거야."

그는 약통을 손아귀에 꼭 쥐었다.

"이건 죽기 위해서가 아니라 살기 위해서 간직한 것이야."

송시현은 약통을 주머니에 넣었다.

"과장님, 이건 제게 주세요. 과장님이 사수한 그 미래까지 가는 동안 제가 간직할게요."

그는 약통과 사표를 자신의 서랍 속에 넣어 두고 상자를 가져다가 한정임에게 전달했다. 한정임은 초췌해진 얼굴로 상자를 받아 편지를 열어 보았다. 그 안에 가지런히 씌어진 남편의 친필을 보자 그녀는 왈칵 눈물을 쏟아냈다.

사랑하는 당신.

지금 이 순간 나는 당신과 예전에 우리가 매일 만났던 태평로 다방 '초우'에 마주 앉아 있는 상상을 하오. 당신은 DJ에게 신청곡을 적어 주고는 그 노래가 시작되기를 애타게 기다리곤 했지요. 아마도 진추아의 노래였을 거요.

그 무렵 나는 당신에게 자주, 영원한 사랑을 맹세했었소. 그때 우리는 과연 영원한 게 있다고 믿었을까요? 아마도 우리의 미래가 영원하지는 않다는 것을 분명히 알고 있었지만 순간의 영원을 통해 미래의 영원을 추구하고 싶었던 건 아니었을까 생각하오. 사실 그 철없었던 시절의 맹세가 나는 지금 필요한지도 모르겠소. 지금에 와서 나는 각자 자기가 처한 입장에서 영원을 위한 자기 몫을 다하려다 사라지는 것이 인생이라 생각하기 때문이오. 그럼 어떻게 하는 것이 자기 몫을 다하는 것일까요? 나는 언제나 다시 출발할 수 있는 마음이라고 생각하오. 무엇이 끝났다는 것은 다시 새로운 것을 출발해야 한다는 것과 같으니까 말이오. 그러면서도 나는 아직도 내 존재의 출발로 삼을 만큼 모든 것을 철저하게 끝내지 못했다는 생각을 하오. 그래서 내가 확신하는 것만큼이라도 철저히 끝내고 싶다고 여기고 있소.

당신에게 이런 마음을 설명하기가 왜 이리도 어려운지 모르겠소. 사실 지금도 잘 설명되고 있는지 자신이 없지만 말이오. 나는 이제 모든 짐을 내려놓을 준비를 하고 있소. 철저히 한 가지를 끝내고서 말이오. 짐을 내려놓는 것으로 새로운 출발을 할 수 있기를 바라는 마음이오. 이러한 내 심정을 당신은 이해하리라 믿소. 언제나 당신은 나를 이해하는 쪽의 사람이었으니 이번에도 그럴 거라 믿는 거요.

무상한 세월과 엄정한 비판관들 앞에서 내가 작은 책임이나마 질 수 있었다는 것은 치열하게 맞설 시대적 역할 중 한 조각이 내게 떨어졌다고 진심으로 믿었기에 가능한 일이었소. 당신에게는 이해 받기만 바랐을 뿐 믿음을 주지는 못했던 것을 용서하기 바라오.

어쩐지 내게 그리 긴 시간이 남아 있지 않다는 생각이 들고 있소. 이 예감은 핀란드에 있을 때부터 들던 생각이오. 내 예감이 생각보다 일찍 맞아 든다면 혹 이 말조차 하지 못할까 두려워 편지를 쓰고 있소.

내가 철저히 끝내고자 하는 일이 종당에는 어떤 평결을 받든 내가 가장 아끼고 사랑하고, 인생을 바칠 가치가 있다고 여기는 것은 당신과 내 가족이라는 것을 꼭 말해 주고 싶소. 그리고 또 하나, 내가 정열을 바칠 수 있었던 내 일과 회사가 있었소. 그러나 일과 회사에 정열을 바친 것도 당신과 아이들을 위한 일이기도 하다고 믿었기에 소중한 것이 될 수 있었다는 것을 믿어주기 바라오.

2005년 10월에, 당신의 혁.

4

아버지의 일기 그 후의 일들

그 후 많은 세월이 흘렀다.

박진혁의 아들 상민은 K텔레콤으로부터 입사 제의를 받았다. 상민은 K텔레콤 제의를 거절했다. 상민은 아버지 죽음의 현장을 지키면서 일을 한다는 것은 너무 큰 고통이어서 감당하기 어렵다고 생각되었기 때문이었다.

상민이 K텔레콤과 동종 업종인 S전자에 입사하고 20여 년이 지났다.

4년 전 금강산 관광호텔에서 5차 남북한 통일 회담이 이루어진 이후 남북을 가르던 모든 장벽이 철거되었다. 사실상 장벽은 그 이전부터 점차적으로 철거되던 중이었지만 일반인들이 제집 드나들 듯 자유롭게 남북을 오갈 수 있게 된 것은 5차 남북회담 직후부터였다. 장벽이 허물어지자 제일 먼저 북녘 땅에 지원되기 시작한 것이 바로 통신망이었다. 남한의 혈액 역할을 하던 통신망은 이제 바야흐로 북녘 땅까지 그 피를 돌리는 역할을 하게 된 것이었다. 오랫동안 폐쇄된 채로 유지해왔던 체제가 허물어지면서 흑백의 세상에 채색을 입히듯 자본의 덧옷이 입혀지고 있는 중이었다. 바야흐로 세계의 기술 1번지가 된 한국은 튼튼해진 경제 기반을 이제 남에서 북으로 밀어 올리는 중이었다. 지금까지 유지해 오던 고유의 순수함 그대로, 문화는 유지하되 윤택함은 더한다는 것이 행정부의 조심스런 입장이지만 마른 스펀지가 물을 빨아들이듯 순식간에 이뤄지고 있는 중이었다. 덕분에 상민도 눈코 뜰 새 없이 바쁜 나날들을 보내고 있는 중이었다.

K텔레콤은 S전자와 공동으로 평양과 신의주에 먼저 지사를 세우고 수많은 기지국들을 세웠다. 상민은 평양과 신의주에 새로 세워진 지사를 오가는 일이 잦아졌다. 상민은 서울에서 출발해 평양을 거쳐 신의주로 갈 때마다 새롭게 조성한 친환경 신도시 옆으로 쭉쭉 뻗은 고속도로를 달릴 때마다 돌아가신 아버지를 생각했다. 어릴 적 아버지의 고향인 파주의 통일전망대에 오르면 전망대에 설치된 망원경을 통해 북녘

땅을 건너다보며 눈물 짓던 실향민들을 보고 할아버지를 생각하며 아버지도 따라 눈물 짓던 생각이 났기 때문이었다. 상민의 할아버지는 통일전망대에서 망원경으로 건너다보면 보일 것도 같은 곳에서 태어나 어린 시절을 보냈다고 했다. 그러나 눈앞에서 길이 막히고 한치 앞이지만 넘어갈 수 없는 경계가 지어지면서 더 이상 고향에 갈 수 없는 처지가 된 것이었다. 할아버지는 평생을 그 경계를 바라보며 허물어질 날을 기다리다가 돌아가셨다고 했다. 상민의 아버지는 통일전망대에 오를 때마다 상민에게 할아버지에 대한 같은 이야기를 반복하곤 했었다. 상민은 생각했다. 그때, 아버지의 마음이 지금 자신의 마음과 같았을까? 그는 남북의 무너진 경계를 넘어설 때마다 늘 아버지에게 지금의 세상을 보여 드릴 수 없는 것이 안타까움으로 다가왔었다. 아버지 돌아가신 지 불과 30년이 지난 현재의 한국은 어떤 모습인가. 아버지가 꿈꾸었던 미래에 와 있는 것일까?

한국은 창조적 기술 개발에 박차를 가해 이제는 그 어떤 나라도 한국의 각종 기술에 로열티를 지불하지 않는 나라가 없을 정도가 되었다. 해마다 한국의 대학, 첨단기술 관련 학과, 한류학과 등에 유학 오는 세계 여러 나라 학생들로 대학은 터져 나갈 지경이 되었다. 세계인들은 쉴 새 없이 한국을 드나들며 다방면의 벤치마킹에 열을 올리고 있었다.

'이것이 아버지가 그리던 한국의 모습일까?'

상민은 그런 생각들로 가득 찼다. 아버지가 세상을 떠나고 시작된 한국의 음악과 문화 등을 일컫는 한류는 일본과 동남아시아에서 처음 시작되었다. 그 후 한류는 아메리카 대륙과 아랍 유럽으로 확산, 전 세계의 문화로 자리 잡았다. 한류와 더불어 세계를 향하여 뻗어 나가던 한국산 첨단기술 제품들은 세계 시장을 제패하기에 이르렀다. 한때는 한국산 제품의 세계화에 전 세계 도시에서 불매운동이 일어나기도 하였으나 품질과 가격에서 다른 나라 제품과는 비교가 되지 않았다. 그야말로 세계는 한류문화와 한국기술 제품에 빠져들었다. 그 여파는 동북아시아 한국 주변국들에게 강한 한류 문화권이 형성되었고 한국인과 동질감을 가지게 되었다.

이러한 일은 시작에 불과했다.

"이사님, 시작되었어요."

상민의 책상 위에 놓인 내선 연결 시스템을 통해 비서의 모습이 잠깐 떠올랐다가 사라졌다. 자신의 방에 비치된 운동기구를 이용해 운동을 하며 땀을 흘리고 있던 상민은 스포츠타월을 들어 얼굴을 닦으며 모니터 앞에 앉았다. 화면을 띄우자 개표가 시작되어 지역별로 수치를 나타내는 그래프가 춤을 추고 있었다. 초반이지만 벌써 찬성표가 높은 위치로 올라서고 있었다. 개표가 이루어지는 동안 둘로 나뉜 다른 화면에서는 신한국 연방이 출범함과 동시에 이루어질 동아시아의 크고 작은 공동 사업에 관한 보고와 미래 지도를 펼쳐 보여 주고 있었다. 우주복 스타일의 수트를 입은 여자 앵커가 가상 영상을 가리키며 설명을 하고 있었다.

"지금 한류문화권인 동북아시아 지역들이 대한민국에 합병하여 신한국 연방을 출범시키는 데 대한 각 나라 국민들의 찬반 투표가 끝나고 개표가 이루어지고 있는 중입니다. 벌써 찬성표가 월등히 높게 나타나고 있는 것이 보이실 겁니다. 그럼 50% 이상이 찬성하여 신한국 연방이 출범하게 될 올 10월에는 어떤 일들이 준비되어 있을까요? 여기 가상현실을 통해 알아보겠습니다."

앵커가 화면을 터치하자 먼저 한류문화권인 중국 조선인 자치구와 중국 북부 지역, 러시아 연해주 지역, 일본의 지도가 하나로 묶인 그림이 떠올랐다. 앵커가 지도를 가리켰다.

"지금 화면에 나타나고 있는 동북아 한류문화권 지역이 하나로 묶여 신한국 연방이라는 하나의 나라로 통합될 예정입니다. 그러나 나라를 통합하는 건 이미 형식을 갖추는 절차에 불과하다는 것은 국민 여러분 모두가 아실 겁니다. 이미 한류문화권은 하나가 되었다고 해도 과언이 아닐 텐데요. 그 증거로 현재 거의 완공을 앞두고 있는 몇 가지의 건설 사업 현황을 알아보겠습니다."

앵커가 다시 화면을 터치했다. 그러자 신한국 연방 지도가 떠오르고 거제도에서부터 시작한 점 하나가 대한해협을 거쳐 일본열도 쓰시마 이끼 사가현 가라쓰를 잇는 235Km의 해저터널과 1084Km의 서울 교토 간 고속철도의 육상 철도가 놓인 곳에 붉은 선을 그려 넣었다. 앵커가 다시 그것들을 가리키며 완공 시기와 거리와 소요 시간을 설명했다. 설명이 끝나자 이번에는 인천항에서 출발해 황해를 건너 중국, 산둥성 웨이하이시를 연결하는 세계에서 가장 긴 해상 고속도로가 그려졌다. 그 길이가 341Km였다. 앵커의 설명이 이어졌다.

"지금 보신 이 해저터널을 비롯하여 해상 고속도로는 아직 공사 진행 중이며 완공이 임박했습니다. 이 모든 것이 완공되면 이제 서울과 도쿄, 그리고 서울과 베이징이 1일 생활권으로 들어오게 되는 것입니다. 자, 그럼 다시 지금 빠르게 진행되고 있는 개표 방송을 지켜보시기 바랍니다."

반편의 화면이 사라지고 개표 방송이 전면을 차지했다. 대한민국과의 합병에 대해 일본과 연해주 만주 지역이 거의

70~80%에 달하는 찬성표가 나오고 있었다. 이렇게 되면 개표 시작한 지 한 시간 만에 모든 판가름이 날 것 같았다.

상민은 전화기를 들어 아버지와 같이 근무했고 자주 연락하며 지냈던 송시현에게 연결했다. 긴 신호가 계속되고 있었지만 받지 않고 있었다. 상민은 바닷바람을 맞으며 밀짚모자를 쓰고 채마밭을 가꾸고 있는 그의 모습을 떠올리며 미소 지었다. 상민은 전화 연결을 포기하고 다시 화면으로 시선을 옮겼다. 다시 화면이 양분되어 이번에는 앵커와 한국대학 정치학과 교수 한 사람이 마주 앉아 이야기를 나누고 있는 모습이 보였다. 상민이 볼륨을 높였다. 교수의 목소리가 커졌다.

"올해 초 미국이 명실공히 세계 최강국의 지위를 한국에 이양하지 않았습니까? 미국은 벌써 40년간 성장이 둔화되고 있고, 이제 노화가 빠르게 진행되고 있어 다시 성장을 기대한다는 것은 불가능한 상태가 되었습니다. 안전보장이사국 중 상임이사국을 그동안 쭉 지속해 오다가 올해에 우리나라로 넘어왔다는 것은 이제 우리가 경제는 물론 정치 군사적인 분야까지 모든 분야에서 세계를 좌지우지하게 되었다는 뜻입니다. 이제 신한국 연방이 출범하게 되면 모든 게 확실하게 자리매김될 겁니다."

"이 집에 빛이 오고 있다"

1960년대, 나의 유년 시절이었다.

초여름부터 시작된 장마가 정오에 그쳤다. 구름 사이로 한 줄기 빛이 안마당으로 쏟아져 들어왔다. 그때였다. 무너져 가는 초가집 대문 앞에 누군가 서성거렸다. 잠시 후 목탁 소리가 들렸다. 만성 장염을 앓고 있던 내가 아픈 배를 움켜쥐고 어머니를 쳐다보았다. 어머니 표정은 어두워져 있었다.

어머니는 보릿고개를 간신히 넘기던 터라 곡식은 바닥났는데 뭔 돌중이 와서 괴롭히나 하는 눈치였다. 문밖의 스님은 마을의 여러 집을 기쳐 왔는지 어깨에 메고 있는 시주 주머니는 팽팽하게 무게가 있어 보였다.

어머니가 대문을 향하여 중얼거렸다.

"볼일 업수. 죽도 못 먹을 판인데……"

어머니는 밖을 쳐다보지 않고 부엌으로 걸음을 옮겨가고 있었다. 스님은 대문 밖에서 집 안을 이리저리 살피더니 다시 목탁을 두드리며 주문을 외웠다

"나무아미타불 관세음보살, 나무아미타불 관세음보살."

어머니가 부엌문을 열고 피하려는데 스님이 한마디 던졌다.

"이 집에 빛이 오고 있습니다."

순간 어머니가 움찔하며 스님을 바라보았다. 어머니가 무슨 빛이냐고 물었고 스님은 똑같은 답을 했다. 어머니는 다 스러져 가는 집구석에 무슨 빛이냐고 대꾸를 하였는데 스님은 분명하다고 재차 이야기했다. 스님은 다만 아들들이 병약해서 단명할까 걱정이 된다고 했다. 머뭇거리던 어머니는 스님을 정중히 모셔 와 마루에 앉게 하였다.

어머니는 술을 좋아하는 막내 외삼촌이 와도 막걸리 한잔 받아줄 수 없는 지독한 가난을 이야기했다. 스님은 어머니 가난 이야기는 못 들은 척하고 아들들을 살리려면 기가 센 자신의 절에다 두 생명을 바치라고 했다.

어머니는 첫 번째 아들을 잃고 세 번째, 네 번째 태어나 애지중지하던 두 아들이 죽을 수 있다는 데 몸서리쳤다. 어머

니는 이 집안으로 들어올 수 있는 빛과 아들들을 살릴 방법을 다급하게 물었다. 스님은 생명을 구하려면 절에다 출가를 시키라고 했다. 그게 어렵다면 이름을 절에 걸고 시간 나는 대로 절에 오거나 집에서 불공을 드리라고 하였다.

어머니는 스님과의 만남을 평생토록 잊지 못한 것 같다. 기억이 가물가물한 나에게 틈만 나면 스님과의 대화를 상기토록 하였다. 스님이 다녀간 후 어머니는 여러 가지 일을 했다.

첫째는, 나와 형의 이름을 파주 심학산 약천사에다 걸고 시주를 하였다. 석가탄신일과 집안의 애경사가 있을 때마다 불공을 드리러 다녔다. 바쁜 가운데도 집 장독대에 맑은 물을 떠 놓고 자식들의 건강과 성공을 기원했다.

둘째는, 시주와 교육비 병원비 마련을 위하여 쉬지 않고 일만 했다. 주위 사람들은 어머니가 놀 줄도 모르며 일만 안다고 험담을 늘어놓았지만 전혀 신경 쓰지 않았다.

셋째는, 토속 신앙과 관련된 것으로 크게 두 가지였다. 그 중 하나는 할머니가 시집오기 전 아이를 낳다가 돌아가신 할아버지의 첫 번째 부인의 묘지 관리와 제사에 관계된 일이었다. 그분은 17세에 시집와서 19세에 첫아이를 낳다가 세상을 떠났는데 후손이 없었다. 어머니는 망자(亡者)가 우리 집안에 빛이 들어오는 것을 훼방 놓을 수 있다고 단정했다. 후손이 없어 잊혀지고 버려졌던 그분 묘지를 수소문했다. 어머니는 연세 많은 마을 어른을 앞장세워 여러 산과 숲을 뒤졌고 묘지를 찾아냈다. 그 묘지를 살아 계신 할머니와 아버지의 자존심 따위는 무시하고 벌초를 하는 등 정성스레 관리하게 하였으며, 기일도 알아내어 아버지와 우리 형제들에게 제사를 올리게 하였다.

다른 하나는 자손들의 영광을 위해 할머니 사후 준비를 철저히 했다. 육십 중반인 할머니가 돌아가시면 입을 삼베 수의(壽衣)를 윤년 윤달에 서둘러 준비하고 할머니가 묻힐 선산의 명당자리를 미리 정해 놓았다. 할머니 기분이나 마음은 전혀 고려하지 않은 그러한 준비는 너무 공공연하고 요란스럽기까지 하여 할머니를 따르던 손자들을 민망하게 하였다. 우리 형제들은 어머니에게 건강한 할머니 돌아가실 준비 제발 좀 하지 말라고 신경질을 부렸다.

넷째는, 우리 집안에 빛이 들어올 때까지 어머니는 죽어서는 안 된다고 생각하였다. 우리 형제들은 어머니가 입을 수의나 묘지 등에 대해서는 이야기하지 않았다. 어머니가 저세상으로 떠날 사람이라고 조금도 생각을 하지 않는 집안 분위기여서 사후를 이야기한다는 것은 큰 불효로 여겼기 때문이었다. 아버지는 어머니가 안쓰럽게 일만 하고 돈을 아끼면 가끔씩 한마디 했다.

"당신 죽을 생각은 안 해?"

그러나 어머니는 눈 하나 깜짝하지 않았다.

우리 집안에 빛이 들어오는 것을 연상시키는 일이 조금은 일어나기도 했다.

큰누이는 초등학교 때 전교 1등을 놓친 적이 없었다. 특히 큰누이는 정치와 사업을 하는 매형보다 더 큰 그릇이고 나라에 큰일을 할 사람이라고 고향 파주에 소문이 돌기도 하였다. 작은누이는 운동을 잘해서 국가대표 선수로 나가도 손색이 없을 정도였으며, 형은 어렸을 때 큰 수술을 받고 생명을 건졌다. 형은 서울에서 학교를 졸업하고 어머니 뜻에 따라 귀향해서 농사를 지었다. 항상 마을공동체 일에 솔선수범하고 겸손하여 마을 청년들에게 우상이었다. 나는 형이 교과서에 나오는 너새니얼 호손의 단편소설 <큰 바위 얼굴>의 주인공 어니스트처럼 평범한 일을 하면서 인간의 위대한 가치를 드높인다는 것을 보여줄 수 있는 우리 집과 사회에 중요한 역할을 할 것이라고 생각하였다. 그러나 형은 결혼 후 어머니 기대를 저버리고 도시로 떠났다. 어머니는 형에게 크게 실망했고 두고두고 원망했다. 여동생은 영특해서 학교에서 상을 휩쓸고 초등학교와 중학교 동창들의 기대를 한껏 모으기도 했다. 그러나 결혼 후 늘 가난해 안타까움을 안겨 주었다. 그리고 나는 병약해서 유년기와 청년기에 몇 번의 죽을 고비를 맞아 부모님과 형제들에게 큰 걱정을 끼치고 겨우 살아남았다. 나는 초등학교 때 장래 희망으로 천문을 연구하는 과학자가 되기를 꿈꾸었지만 이루어지지 않았다. 통신 기술자로 삼십 년을 일했고 오십부터 벤처기업 연구소장으로 있으면서 소설과 수필을 쓰게 되었다.

어머니는 돌아가기 바로 전까지 그 빛을 염원했고 빛이 우리 집안에 환히 비추도록 노력했다. 나 또한 기술자 일과 학업을 병행하면서 나도 모르게 스님과 어머니가 믿었던 그 빛이 집에 들어올 것이라는 확신을 간직하고 살았다.

그런데 그 빛은 아직 도착하지 않았을 수도 이미 와 있을 수도 있다. 하지만 아직 도래하지 않은 것처럼 '이 집에 빛이 오고 있다.'라는 주문을 외우며 살아가고 있다.

58년생 개띠 우리 아버지

초판 1쇄 인쇄 2018년 9월 14일
초판 1쇄 발행 2018년 9월 18일

지은이 이우중
펴낸이 이태선
펴낸곳 창작시대사

주소 서울특별시 마포구 성미산로 188 (연남동)
전화 02-325-5355 **팩스** 02-325-5385
이메일 changzak@naver.com
등록번호 제2-1150호(1991년 4월 9일)

ISBN 978-89-7447-214-6   03810